U0477973

有一种力量，叫文学；
有一种美好，叫回忆；
有一种感动，叫青春；
有一种生命，在鲁院！

鲁迅文学院「百草园」书系

情觅何处

张凤奇 ◎ 著

QING MI HECHU

江西高校出版社

这些散文清新、自然，既有哲理，又有抒情，还充满着浓浓的爱意和温暖的气息。字里行间蕴含着生活的情趣和张力，也表达了自己对生活的观察和思考。

图书在版编目（CIP）数据

情觅何处/张凤奇著.—南昌：江西高校出版社，2017.5
（鲁迅文学院"百草园"书系）
ISBN 978-7-5493-5354-5

Ⅰ.①情… Ⅱ.①张… Ⅲ.①散文集－中国－当代 Ⅳ.①I267

中国版本图书馆CIP数据核字(2017)第100412号

出 版 发 行	江西高校出版社
社　　　址	江西省南昌市洪都北大道96号
总编室电话	（0791）88504319
销 售 电 话	（0791）88595089
网　　　址	www.juacp.com
印　　　刷	北京一鑫印务有限责任公司
经　　　销	全国新华书店
开　　　本	700mm×1000mm　1/16
印　　　张	13.5
字　　　数	166千字
版　　　次	2017年5月第1版 2020年7月第2次印刷
书　　　号	ISBN 978-7-5493-5354-5
定　　　价	36.00元

赣版权登字-07-2017-460

版权所有　侵权必究

图书若有印装问题，请随时向本社印制部（0791-88513257）退换

目录 Contents

永远的家园……………………… 1
故乡的泥土……………………… 4
故乡的井………………………… 6
城市的钟声……………………… 8
有水环城………………………… 10
情觅何处………………………… 13
老　树…………………………… 17
辈　分…………………………… 20
时光背影………………………… 22
梦里小木屋……………………… 25
培植性情………………………… 27
都市里的家园…………………… 29
阳光的味道……………………… 31
母亲的棉花……………………… 33
又见香椿………………………… 35
金色麦浪………………………… 37
夏日蝉鸣………………………… 39
亲切的红枣儿…………………… 41
厮守的城市……………………… 43
快乐清晨………………………… 46
幻化的影像……………………… 48

和平的阳光 …………………… 50
荒芜的小院儿 ………………… 52
谁在敲门 ……………………… 54
故居的燕子 …………………… 56
思年杂屑 ……………………… 59
春节的根须 …………………… 61
新年遐想 ……………………… 63
元宵飘香 ……………………… 66
春运，朝着家的方向 ………… 68
雪后的雪 ……………………… 71
珍藏的茶 ……………………… 73
舞蹈的语汇 …………………… 75
冰上故事 ……………………… 78
在路上 ………………………… 81
向日葵 ………………………… 83
思想的翅膀 …………………… 85
飞翔的鱼 ……………………… 87
穿背心的猫 …………………… 89
会飞的蛇 ……………………… 91
走　狗 ………………………… 93
平原猎兔 ……………………… 96
注册的朋友 …………………… 98
名楼的造化 …………………… 100
岳庙随想 ……………………… 103
飘逝的乐曲 …………………… 106
江水之上 ……………………… 108
月台的月光 …………………… 110
走过驼梁 ……………………… 113
天池寻梦 ……………………… 117
草原四章 ……………………… 119

我从天坑归来…………………………126
列车张开翅膀…………………………129
位　　置………………………………131
人生是神写的故事……………………134
匍匐于华夏大地………………………137
静谧的夜………………………………140
永远的军魂……………………………142
追梦的火车……………………………144
我的名字叫鹰…………………………147
享受智慧和勇敢………………………150
克制的力量……………………………152
那年除夕守岁时………………………154
渴望的眼神……………………………157
父亲的手………………………………159
永远20岁的伯父………………………162
叫赤岸的山村…………………………165
怀念是酒………………………………168
遥远的打更声…………………………170
男儿击水到中流………………………172
荧屏前的时光…………………………175
理想的选择……………………………177
心存感激………………………………179
天籁之音心上来………………………182
延伸的天路……………………………185
相聚在巴山深处………………………192
又到西柏坡……………………………199
盘旋于历史与现实……………………202
读书是生存方式………………………205

永远的家园

　　谁能将思绪伸向神杖都颤抖的地方？北京城乡接合部的八里庄，一处闹中取静的小院，简洁得不需要任何语言修饰。这就是被喻为文学殿堂的鲁迅文学院吗？时值早春三月，树木花草一派肃穆，所有枝丫都凝视着天空。而我的眼前，有幽幽的曲径在现实与想象中蜿蜒，连接起遥远的却渐行渐近的梦境。

　　2005年初，我被选送到鲁迅文学院第五届高级研讨班学习，一时间说不清我是有幸还是不幸，瞬息的惊喜被一种追求的痛苦所取代。我在月光下散步，北京的夜空有清晰的蓝，星星稀少而遥远。我觉得我好像从纷繁的世俗激流中爬上礁岸，来到一个宁静的岛屿，竟然一时间无措和失语。还需要话语吗？听课，阅读，思考，写作或者无缘故的失眠……我盘踞在自己的小天地里，躲在独立的单间里自在地享受寂静的煎熬，意外的幸福和虔诚的期许，让我的心总也无法平静，有一种近乎奢侈的感觉。突然想到十九世纪的一个黎明，巴黎乡下一栋亮灯的木屋里，那个"面壁写作"的世界级文豪，他的名字叫居思塔夫·福楼拜。他说他每天不穿外衣，拼命地写作，天天洗澡，按时看日出……自我沉浸于一种温馨而静谧的氛围中，我当然不能与文豪相提并论。但我真切地感到了我被浓浓的人文气息浸润着包裹着，我在吮吸足够的阳光、空气及养分。当我发现我是来自全国各省市50名学员中的唯一的铁路代表，尤其听说我还是铁路系统第一个被送入鲁院学习的学员时，竟开始担心自己能否长成一个对文学有用的人（在此以前我只知道文学对我有用）。我开始惴惴不安起来。课余里我不时在院中的树木花草间穿行，细看碧桃、紫薇、棣棠、玉兰、丁香、雪松等植物，发现每种花木都佩戴了自己的名片。它们好像是有了灵性一般，自然地泛着自己的绿，开着自己的花，结着自己的果，尽显生命的本色和尊严。我不由联想起故乡的向日葵和低垂的谷穗儿，是以怎样的良知使自己懂得感恩阳光和泥土，是怎样以姿态的谦卑演绎着生活的高尚，是怎样以灵魂的拷问产生着生命的意义。

每当我和老师同学相聚在院中的"聚雅亭"下，谈笑中暗想，我不是一个在阅读写作中生存的人，而是一个在生存中阅读写作的人。而我为什么要热衷阅读与写作呢？是吃饱了没事儿闲的？还是因饿肚子要找事儿做忙的？唯有相信无为而有为，无用而大用。人生能有多少空余的时间去考虑人类精神层面上的问题？有先哲曰"人类一思考，上帝就发笑"，老师依旧说，文学就是人学，而人学就是社会关系的总和。但是人类该思考还得思考，不会思考还是人类吗？所以社会该文学还得文学，不文学还是社会吗？要紧的是，文学除了娱乐难道不再承载教化的功能么？文学被废了吗？某种思潮的缺魂儿，某些作品的缺钙，某类作家的缺德，正义批评家的缺席，难道这一切与己无关吗？只可以说这一切与嫉妒无关，应该是我还不具备嫉妒他人的资质。于是会想到，拯救与被拯救，悲悯与被悲悯，爱与被爱，起码文学有记录和抚慰的一面。事实上文学从来都是人类精神生活的载体，譬如对火热生活的冷静与洞透，对国情民风的审美与观照，文学记忆使无形的历史有迹可寻。它有时追随或引导着强者去摧枯拉朽去叱咤风云，更多的时候是抚慰弱者心灵深处最柔软的部位，正如共鸣的泪水并非都是因为贫穷和苦难，往往喜悦的泪水使飞扬的笑声失去分量。有时流露的淡淡忧伤正是一种令人心动的美丽情绪，沉浸其间就能消解自己。

文学正是因为有引力所以有魅力，文学正是因为有重量所以有力量，文学正是因为有作为所以有地位。于是喜好文学的人说，拥有了文学就拥有了财富。"宫殿里有悲哭，茅屋里有欢歌。"说明人的幸福是由精神决定的；"贫穷而能静静地听着风声，也是快乐的。"又是海德格尔"人要诗意地栖居"的形象阐释。时常参加一些笔会、研讨会，免不了与文友们聊天说地，却始终被一个有多解的问题困惑着：我们为什么爱好文学？于是，有人说文学是寒冬的阳光，有人说文学是险峰上的风景，也有人说文学是黑夜中的灯塔，还有人说文学就是永远的情人……不一而足。但我总觉着文学就是一个精神家园，一处不让灵魂风餐露宿的住所。刘勰在《文心雕龙》里说"文果载心，余心有寄"大概也含这个意思吧。

伟大的安徒生说，人文的事业就是一片着火的荆棘，智者仁人就在火里走着。他在火中的舞蹈，照耀着童话的家园，温暖了家中的成员。已故作家王小波说，用宁静的童心来看，这条路是这样的：它在两条竹篱笆之中。篱笆上开满了紫色的牵牛花，在每个花蕊上，都落了一只蓝蜻蜓。嘿，多美的意境！当我站在回家的路口，放眼阅过"一万年粟垄连天，三千载古道成河"之后，我还是选择了令身心愉悦的归宿，踏着花径回家，又该是多么的美好和惬意啊！何况我知道只要沿着梦想朗照的路径前行，就能抵达精神的家园，再何况我怀里还揣着文学赐我的一把钥匙，一把能让我随时打开家门的金钥匙……

感谢文学吧，让生命与生活充实而诗意。

故乡的泥土

我对泥土的景仰并非仅是与生俱来，更多是来自远离泥土多年之后的某些感悟。比如书桌上摆放的一尊精美泥人，时常叫我浮想联翩，这是一种泥土表现的艺术，却教我领悟泥土蕴涵的生命。

在我的故乡，广袤的冀中平原上，婴儿一出世就在父母的关爱下早早接受泥土的抚慰了。每一个村子里，总能看到有成年男人推一辆独轮儿小车踽踽而行，他要到村外把一车车细润的沙土运回家去。这时你不用去问，那一定是家里又添了人口，或喜或忧只有他心里清楚了。女人要把潮湿的沙土铺展在灿烂的阳光下，先将沙土晒干，然后放在火烧的铁锅里来回翻炒，直到被逐渐炒热炒烫的沙土像开水一样沸腾起来。再等到沙土晾至略高于人的体温，装入一个特制的土布袋里，随后将下身赤裸的孩儿放入土布袋内。等一段时间，沙土凉了，就把沙土连同孩儿的排泄物一并倒掉，重新换上温暖的沙土。如此反复，沙土冬暖夏凉，取之不尽用之不竭，既节省了尿布又起了空调作用。用个时髦点儿的说辞，还颇有些沙浴沙疗的况味，据说土布袋里的孩儿还真不得皮肤病。另外还有一个好处，大人们只管放心忙自己的活计，那孩儿有沉重的土布袋赘着，是保险掉不下炕来的。这恐怕是世上较原始但也是很经济实惠的一种侍儿方法了。

我老家的大妈生养了六个子女，个个都是这样从泥土里滚大的，只要一钻出土布袋儿，穿上两条腿儿的裤子就能满地乱跑。姑娘出落得个个水灵，小子生长得个个健壮。大妈说，那时候日子穷啊，多亏了有这些沙土了，一方水土养一方人啊！

我在故乡的时候，常看见人们在犁地时，总喜欢绾起裤管，脱下鞋子，光脚走在刚刚翻耕过的土壤里。于是也学着走上一遭，顿时觉得一种泥土的芬芳沁入肺腑，好像脚丫儿在与松软的泥土相拥着说话儿，那种柔柔地痒痒地爽爽地朝周身蔓延的难以名状的肌肤之亲，至今令人难忘呢。我想这或许就是人与泥土深至骨髓的那一份亲情吧！想我的先辈，终年终日面朝黄土背朝天，一生都仰仗着土地，春种秋收，夏耕冬藏，从泥土里刨食，泥土就是命啊！他们的心血汗水全浸在脚下的泥土里了，我总隐隐觉得故乡的泥土认识我的脚，知道我是泥土中的一条血脉和根须。我懂得泥土具备伟大的母性，养活着无根的动物和有根的植物，其实人就是一棵会走动的树木啊，树木将根儿扎进泥土里，泥土就成了落叶的归宿。怪不得呢，流浪天涯的游子总要揣一把故乡的泥土上路，是想听到来自故土魂缠梦绕般牵萦的呼唤呢，还是以求得到精神的寄托和心灵的慰藉？

一辈子没离开泥土的奶奶对我说过，不信谁也不能不信泥土，泥土里生长粮食和良心，一分耕耘一分收获。意思是对于泥土来不得半点儿虚假，你欺骗了，你就会受到必然的惩罚；你诚实了，你就会得到应有的奖赏。同时，泥土是博大的，博大的胸襟可以化腐朽为神奇；泥土是厚重的，厚重的德行可以承载万物。凡有泥土的地方就能长出人、牛羊、鲜花、庄稼、草坪和楼房，以及亲情和爱情……

此时此刻，我坐在都市的一座钢筋水泥建筑的大楼里，俯视着窗外车水马龙的繁华景象。但我知道我是被泥土托举着的，因为在这座楼房的最底部接力的一定是朴实的泥土，世界上没有空中楼阁。放眼眺望，一片鳞次栉比的高楼大厦，那一座又不是坐落在深深的谦恭的泥土之中呢？

我热爱故乡的泥土，却总要扪心自问：你真的是想做一个像泥土似的人吗？

故乡的井

背井离乡的人，总有一口老井泊在心灵的深处。夜深人静的时候，有谁"叮咚"一声往井中丢下一颗石子儿，游子的心里都要荡起一片涟漪……

唐代大诗人李白"床前明月光，疑是地上霜。举头望明月，低头思故乡"的浓郁乡愁里，同样深藏着一口老井。因为古时的床，并非单指座卧的器具，还有井的围栏一说，有李贺的诗句"井山辘轳床上转"可谓佐证。所以说，想当年李白《静夜思》的诗境，应不是躺在睡榻之上辗转反侧时的所思所想，当是倚在井的围栏上望着遍地如霜的月光有感而发。月下的古井就像一汪思乡的泪眼遥望着夜空，朦胧着美丽的忧伤。因了水是大地生灵的命脉，一口井的渊源，往往能追溯到一方草木人烟。比如我居住的城市，如今已是一座繁华的省城了，但它最初的生命印记呢？却是《获鹿县志》所记载的："石家庄，县东南三十五里，街道六，庙宇六，井泉四。"井泉四眼就是这座城市生机勃发的源头。

前不久，我去北京出差，免不了要到闻名遐迩的王府井一游，当我信步至街市的北部西侧，突然看见在一处用铁栏围了的街面上，有一铜铸的圆圆的井盖儿。我仔细瞅了文字说明，才知道这是一次在清理街道的施工时发现的一口井，也正是王府之井的原址。心里暗暗责备自己，我是多次来过王府井的，以前怎么没有注意到呢？我绕着井址转了一圈儿，很是感慨了一番，谁曾想如此繁荣复繁荣的现代商业街区，竟然发端于一口被岁月沉寂的古井，找到了这口井，无疑就像找到王府井的肚脐一样，一条街道的历史血脉立时显得清晰起来。

或许水井总是与故乡有关吧。我对故乡最深刻的印象，也是村子里的水井。当时的井口没有围栏，也没有提水的辘轳，只有一个十字的木架搭在上面，把井口平分成四个部分，四个人可以同时用井绳系上水桶打水。尤其是在酷热的夏日，喝上一口清凉甘冽的井水真是痛快淋漓。清晨与傍晚，是井台边最繁忙的时分，我的邻居大叔是个黑红脸膛的汉子，定会准时出现在嘈杂的井台，只见他肩挑着两只水桶，身后跟着两匹骡马，打上来一桶清净的井水，先蹲腿弯腰饮足了自己，然后饮身后的骡马，再担回两桶水饮全家。

几年前我回到故乡，老井已经废弃了，井口封盖上了大大的石碾盘。当年的大叔也已衰老，他说过去的水皮儿浅啊，打下几十米深的井眼儿，下进缠了麻片的镂空竹筒，再用砖石砌成竖井，就能有清甜的水汩汩地冒出。如今水皮儿变得深了，要打下几百米深的机井喽！说起过去的老井，老叔呸了一声，骂道：也不知是哪个龟孙子，好像往井水里下了盐，变得又苦又涩，后来干脆枯了。

尽管世事变迁，沧海桑田。一口老井仍在故乡的意象里闪烁着盈盈的泪光。因此那些远走异域他乡的游子，临别时都要采用传统做法，揣一把故乡的土，掬一口故乡的水……我少小离家的父亲，16岁时只身一人到保定当学徒，半个多世纪的离别，思乡是时常有的，只是不善表达。在他病重期间，多次回忆起故乡的故人故事，由此我写了一首思乡的诗，其中有这样的句子："为了什么背井离乡／离乡还背着故乡的井／井里盛着故乡的水／水里飘着故乡的月亮……"父亲听了，眼里立时噙满了泪水。

我一直在想，故乡的井水与人的泪水是互通的吗？为什么一说到故乡的井水，父亲的泪水就涌出了眼眶？

城市的钟声

时光自言自语说，我就是那钟声。

很久很久，我总为居住的城市缺乏一种雄浑的钟声而遗憾。在我的潜意识里钟声就像一位饱经风霜的时光老人，如城市无形的文化载体，时时撞击着现代与古代的回声壁，并在回荡的听觉中渐远渐近，如在梦中既陌生又熟悉。这声音不仅是来自庙寺或者教堂，更多的来自现代都市某个标志性建筑物上高大的钟楼，比如北京的电报大楼上报时的钟声，那种悠扬四射的音符，的确能引人生发无际的遐想。

时光就像一条前不见古船后不见新帆的长河，承载着历史滔滔不绝地向前流淌，两千多年前孔夫子就曾站在河边上说："逝者如斯夫！不舍昼夜。"如今人们仍爱感叹时光的急促以致生命的短暂，又因这苦短的生命中充斥了太多的无聊和无奈，一时竟忘记了欢乐的感觉是来自对有限生命的把握和运用。大家总试图把生命的过程安排得满满当当，于是将过多的时光抛洒在无休无止的忙碌之中，忙着找工作，忙着奔仕途，忙着捞钞票，忙着找情人，忙着去休闲，等等。使自己像一只旋转永动的陀螺，一旦停下来，便六神无主不知所措，失去了独立的支点，这无疑成了一场心理饥荒，在忙和累中觅不到生活的真正意义。

这时才发现，其实一生中有大片的空白是无法靠奔忙填充的，而自己沉下心来静静思考，倒不失为一种填充空虚的好方法。此时此刻，唯有钟声飘来，所有的思绪便乘上钟声的翅膀，这飞翔或许就是一种美学意义上的升华，让我们感受时光的韵律与和谐之美，而我们是否知道享用这生命中天使般的钟声呢？我禁不住套改了泰戈尔的一句话：不要试图去填满生命的空白，因为钟声就来自那空白深处……

钟声是时间的语言，时针诠释着人们的脉搏与步伐。尽管伟大的剧作家莎士比亚说："时间对于各种人有各种的步法。我可以告诉你，时间对于谁是慢步的，对于谁是跨着细步走的，对于谁是奔着走的，对于谁是立定不动的。"我还是顽固地认为，时间对于谁都是公平的，不论高低贵贱，时间无法规定谁的步法，只有自己支配着自己的脚步。恕我恭敬而不从命，我还是由衷地欣赏大师的另一句话："在时间的大钟上，只有两个字——现在。"

更多的时候，钟声成了我们现实生活的参照物，我乡村生活的大妈说，城里的钟声就像农家小院里的公鸡打鸣儿。我虽然觉得这是一个较表层较通俗的比喻，有点儿过于轻描淡写了城市钟声的内涵。当然我更丝毫不敢小觑农家小院里的公鸡打鸣儿，"雄鸡一唱天下白"同样是一种大境界。但是彼此之间，谁能真切地感受到贯穿其中的生命关照和心灵慰藉？我觉得在特定的背景里，乡村的雄鸡报晓是一种宁静的喧嚣，城市的钟声恰恰是一种喧嚣中的宁静，高亢的鸡鸣和悠然的钟声都不失时机地振奋和沉静着乡村和城市的神经……

一座城市不能没有钟声，就像一个村落不能没有鸡鸣。钟声是城市中潺潺流淌的溪水，钟声是掠过城头的山林清风，钟声是天上人间的和谐音符。那天清晨，我在自己的抒情诗里走过人声嘈杂的车站广场，钟楼上有久违的钟声瀑布般倾泻下来，我整个身心顿时沐浴在沁人心脾的钟声里，一阵清澈甘洌的感动之后，我想说，创造时光的人，就该引导这钟声；爱惜时光的人们，就该信赖这钟声。并在钟声里的祈福，创造和爱惜我们拥有的家园和生命。

有水环城

　　记得10多年前,我曾到山水甲天下的桂林访求,晚饭后友人又陪我乘坐小船绕城一游,桂林人引来清凌凌的漓江水,浸润着如诗如画的城市,同时也滋润了游人的身心,由氢原子与氧原子构成的水分子抚慰着所有的感官,清爽而惬意。那时就暗暗想,我们的石家庄何时呈现碧水环绕的景致,也能成为一座水灵灵的城市呢?

　　当时觉得这也仅是一个梦想而已。囿于多年的惯性认知,好像石家庄很久就是一个少水干燥的北方城市,谈论起地脉风水,只是有风无水。所谓夏日燥热,冬日干冷,几乎足以概括城市的气候特征了。

　　静下来不免遐想,一座宜居的城市,如果没有水怎么能行呢?这个问题既然我想到了,城市的决策者更是想到了。近几年耳闻目睹,河水就像城市注入的新鲜血液,奔腾起前所未有的青春活力,接踵而至的民心河、太平河、滹沱河等环城水系,使我们居住的城市顿然鲜活水灵起来。迅速拔节的楼群,纵横延伸的街道,就像雨后植物葱茏的茎蔓儿,在树木花草间定格与舒展……一条条河流就像城市舞动的水袖儿,灵动而曼妙,摇曳着生命的生动意象;人的精神面貌也像沐浴过似的,快乐而阳光,散发着清新昂扬的气息。随着太平河建设的初具规模,寓意太平的太平河畔,天鹅、白鹳、白鹭等野生鸟类争相飞来,回到故乡乐园,在大自然的怀抱里,游弋栖息,繁衍生息。正如岸边一座大型雕塑"归乐园"的真实写照。

　　久违了碧水蓝天的市民,或全家出动,或邀上三五知己,或郊游或踏青、野炊、垂钓、划船、读书、交友、游戏，从此便拥有了娱乐休闲、谈情说爱的好去处。晴晴的晨辉里，艳艳的夕阳下，总有携手依偎的剪影倒映在明净的水面，沉浸于水天一色的人间仙境中。

我在河的北岸，试图用有限的心力翻阅解读石雕书上隽永的文字："一鞭晓色渡滹沱，芳草茸茸漫碧波。却忆去年沾水路，鳆鱼正美钓鱼多。"谁曾想古人诗句中所描述的滹沱河，也恰似今朝再现的盛世美景。遂见一老翁正凝神垂钓，花白的胡须儿时而在微风中轻扬，浮标在春水中若隐若现，这不正是历史沧桑画卷中一幅寒江垂钓图的现代新版！虽然季节、人物、背景不同，尤其垂钓的器具都有了不小的进化，想必彼此的心境不会发生根本性的差异。

所有这些令我们飞扬的思想得以及时收拢与钩沉，太平河仅是滹沱河的一个支流，这一流域也曾广为流传这样的传说：西汉末年，刘秀经略河北，讨伐王郎，败退至滹沱河，却无舟渡河。待刘秀督军赶到，河水竟然结冰，刘秀军踏冰而过，王郎兵赶到时，冰却融化，将其阻截。我曾质疑当前的王郎可是当年的王莽？有学者称此王郎非彼王莽，王郎只是当时称雄于邯郸一带的土霸王。并深信确有其事，有遗存为证：滹沱河沿岸尚有的村名，诸如凌透村、水冻村等均与典故有关。

其实，人间需要动人的传说，即使神话的传说也是在演绎人间的故事。譬如矗立于河北岸的雕塑《滹沱神木》。是说宋朝年间，龙藏寺（今正定隆兴寺）建筑佛阁，派遣数千人赴五台山伐木，伐好的木材顺滹沱河漂流而下，不想水势大涨，数以万计的木材一发而不可收。正在一筹莫展之时，菩萨显灵于河上，遂对洪水曰：留木与此乃天意也！顿时大河波澜收敛，飘荡的万木戛然而止，龙藏寺的佛阁因此得以建成。这一神话传说今在正定大佛寺内仍有图文记载。

我喜欢这样的传说，有水流的地方就有千古流芳，有传说的地方就有新的传奇。我们的城市，惠及民生的滹沱河生态开发整治与市区西北部水利防洪生态工程，防洪抗洪、净化空气、美化环境，环市区形成35.6公里的太平河绿色生态景观带，清澈的河水漫过橡胶坝，湖泊一如美玉，湿地公园芦苇荼花如云，香蒲、翠草相伴而生，一路连接为水通、路通、景通的秀美长廊。

水使生命蓬勃，水使城市灵秀。我居住的城市有水了，曾经的梦想成真。每当我乘上高铁由北京归来，透过车窗看到这片波光潋滟的水面时，总要禁不住感叹一声，啊，我到家了。

又听说太平河通航共设 5 个码头，观光船也已开通。我想到时候约来桂林的友人，也陪他乘画舫一起逛逛我们北方的水城，也看水鸟纷飞，也听渔舟唱晚……

情觅何处

人在一处待久了，是不是就想换个地方？难怪人常说，熟悉的地方没有风景。

有一年我去张家界旅游，几位旅伴望着赏心悦目的青山秀水赞叹不已，一个劲儿地说："能在这儿住一辈子可是太幸福了！"恰巧被当地的一位山民听到了，山民说："那好，咱们换换。你来我山里住，我到你城里住。"几位旅伴竟然面面相觑，无言以对。

在那位山民的眼里，多少年不变，山是熟悉的山，水是熟悉的水，有什么值得大惊小怪的？他移情别恋的正是都市高楼大厦、霓虹闪烁，无疑这一切都需具备必要的条件，包括主观的与客观的，精神的与物质的。读报得知，著名作家韩少功曾辞去海南省作家协会主席等职位，悄悄住进了湖南汨罗一个叫八景峒的山村，过起了近似与世隔离的生活。他说他喜欢清静。

我想，韩先生喜欢的清静并非仅是耳静，主要是心静。因为人在繁华的喧嚣里心是浮躁的，只有在淳朴的寂静中心才是沉下来的。有先哲说过："上帝创造了乡村，人类创造了城市。"大概是指乡村更多地保留了原始的生产生活模式，比如随季节播种与收割，人和庄稼同样接受四季的磨砺。而城市里却没有了季节，比如天热了有空调，天冷了有暖气，必然对人的身心都有负面影响。希腊哲人认为精神自足就是限制对物质的要求，过一种简朴的生活就是一种不为物役而保持精神自由的有效方法。例如苏格拉底身穿褴褛的衣衫，光脚走过琳琅满目的商品市场时说，这里没有一件物品是他需要的。在他眼里一件奢侈品都没有用，甚至全是垃圾。或许回归简单的生活往往更能体会生命的意义。而乡下正是这样的一个去处，生长粮食的土地必然生产诚信和良心，尤其盛产城市里日渐萎缩的实在和热情。人在城市里左邻右舍地住着，老死不相往来。整天一个楼道里碰面，谁也不会理谁，身边全是熟悉的陌生人。在农村就大不一样，走到谁家的门口，主人都会热情地招呼，搬凳子倒水，让人感到温馨极了。巴尔扎克说："热情就是整个人类。"韩先生一定深信，有时在人多的地方，人反而孤独，他知道在这片土地上播撒感情辛勤笔耕是会大有收成的。

　　回归自然历来被视为放逐心性的最佳田园。在文学作品中，当年诸葛亮难却刘备三顾茅庐的盛情，从卧龙岗的茅屋里走了出去，兵临城下时他端坐在一座空城的城楼上坦然地唱："我本是卧龙岗散淡的人……"不难理解他对以往拥有的散淡还是颇为自得的，他在完成承诺后应会放下功名，解甲归田，可惜出师终未捷，只好"鞠躬尽瘁，死而后已"。这是他的悲剧和遗憾。

　　从古至今，曾经身心不由己的人，一旦有了觉悟，有条件由官场隐向民间，由城市搬往乡野，实属一大造化。因为觉悟是幸福的唯一源泉。譬如，陶渊明营造了理想中的世外桃源。他不愿为五斗米折腰，弃官归田，日与樵子农夫相处，以躬耕、诗酒为乐。我相信他的"采菊东篱下，悠然见南山"是真实的生命写照，而不是虚构的心境！又譬如东晋名士嵇康，放着中散大夫的官帽不戴，在写了几本书之后，隐入洛阳城的郊外，开了一家铁匠铺，整天手抡沉重的大锤，干得汗流浃背却乐此不疲。他在苦其心志之后劳其筋骨，练就了一身疙瘩肉，一改传统形象中那副皓首穷经、形销骨立的书生模样。他不是为了钱，他为别人打铁从不收钱，若是有人以酒肴酬谢他还是很乐意的。没有人要求他这样做，但他觉得自己需要这样做。他在别人苦熬心灵饥荒时，以劳役肉体的愉悦培植高贵的灵魂。自食其力丰衣足食，主宰自己摆脱束缚，是他心醉神迷追求的人生境界。

　　驱逐或逃避的过程也是寻找的过程，人在接受灵魂折磨的同时也在寻找着精神的抚慰。"文革"期间，老家的村子里就来过一位下放改造的对象。当时我年纪还小，不太懂得成人间的事情。但我的记忆是清晰的，他是坐着生产队的毛驴车进村的，车上拉着铺盖卷儿帆布包洗脸盆儿什么的。听去公社接人的赶车老叔说，人家是个厅局级的大干部哩！因为犯了路线错误，才被打发下来劳动改造的。我们一群孩子挤到跟前看热闹，只见他约五十岁的样子，脸上挂着谦和的笑，戴一副近视眼镜。那年头我们对戴眼镜的没有好感，总以为与走资派形象有某种联系。可大人们心里有数，农民们大多是尊重文化人的。生产队长总是有意给他分派较轻省的活儿，但他是不惜力气的，干什么都不肯偷懒耍滑，脚上的泥、身上的汗不比哪个乡下人少，不知不觉就和村里人融为一家了。当时规定他吃派饭，一家一天，他留下1斤粮票和3毛饭钱。轮到哪家主人都要做他好吃的饭，村里人都知道他是喜欢吃杂面条的。而他不管白天农活多么累，吃过晚饭总要给主人家的水缸担满水，然后扫一遍院子。乡亲们说，就像当年的老八路，谁拦也拦不住，这是他自己定下的规矩。

这样的日子过得很快，不知不觉中，他也由一位孱弱书生蜕变为成了一条壮实汉子。有一天他接到通知调他回城了，上边要求是不许开欢送会的，就在他准备悄悄离开村子时，村里男女老少都出来挥泪送行，大伙儿把自家的杂面、花生等农产品一兜儿又一兜儿地往毛驴车上堆呀，当时他坐在毛驴车上哭得像个孩子，在人们的簇拥下他是双手一直作揖离开村子的。我想，他是在逃避政治旋涡时无意中寻见了精神家园，这里虽然生活艰辛物质匮乏，但情感并不贫瘠，这是他认定的真情栖息地。后来听生产队长说，他回城后给村里来过好多封信，说的最多的一句话就是"生活在你们中间是我一生中最美好最留恋的时光"。再后来他官复原职，一来信总说"一切都好，就是觉得心累"。说好了卸任后要回村子里住呢，遗憾的是他英年早逝，没有等到那一天。村里人说，若是他还在村里过活，哪能走的这么早呢！

哲学家叔本华说："我们很少想到自己所拥有的，却总是想到自己所没有的。"我想这不仅仅是指物质方面吧！对于有血有肉的人来说，最容易短缺的恰恰是情感，真正的情感。

　　长年肉体流浪的人，你我到哪里才能觅到真情归宿呢？大概问别人不如问自己吧！

老 树

据说在每个人的记忆里，都生长着一棵祖母般的老树。

老树生长在记忆的深处，树的年轮就像大脑沟回一样储存着世间的风和雨、雪和霜、人和事。那些令人怦然心动的老树，或长在荒郊野岭，或长在平常庭院，或长在繁华街市，或长在名山胜地，或生得老干虬枝，或生得绿冠如云，或生得姿态各异，总能给人以沧桑之叹、苍劲之美、古诗之韵。

人离不开树。那些老树总是在我们的不经意间生长着，树在与人的守望中阅尽人间的沧桑。一个人栽下一棵树，然后看着它长高长大，而树呢，只有看着这个人慢慢老去。从树下走过的子子孙孙，一代一代印证和诠释着那句老话："前人栽树，后人乘凉。"

不久前，我走过一片正在拆迁的工地，不经意间发现残垣断壁间冒出了一株株容颜苍老的树来。心里说，我平时怎么没有注意到呢！青砖灰墙的大杂院里到底隐藏着多少这样的自然景观啊！想起我曾经住过的大杂院里，也长着一棵粗大的古槐，至今还能回味出那久久不散的淡淡的槐花清香，老人们坐在古树浓荫里或谈古论今或对弈品茗，孩子们围着大树捉迷藏或追逐嬉戏，尽现人与自然的和谐与融洽。当我怀着对现代生活的渴望搬进楼房之后，才体味到那或许正是梦中所向往的令人留恋的人居环境，这使我时常想念起那棵老树。

有时老树就是一个地方的标志物。譬如在我的故乡冀中平原上，看一个村庄的历史，就要看其是否坐落在高高的地基上，往往愈是古老的村落，房基地就会被人垫得愈高，那是为了下雨天便于向村外排水，更重要的是提防水患，一旦发生洪水，小小村庄就是汪洋中一座活命的岛啊！所以先辈们总要在村基外围的斜坡上，栽种下各种树木，以起到巩固地基的作用。远远望去，就近似孟浩然在《过故人庄》诗里所描绘的那句："绿树村边合"。意思是说郁郁葱葱的树在村子的四周相连成环。在我童年的印象里，一踏上进村的小路，一株古柳总是最早映入我的眼帘儿，它总是第一个站在故乡村头，四季相迎着归来的游子，紧跟在后的还有一棵棵又老又矮的枣树，再有就是挂着拐棍和枣树一样站着翘望的老祖母，以及跟在祖母身后的鸡和狗……这些树无疑长成了故乡的标记。

　　10多年前我曾到厦门的鼓浪屿一游，印象最深的要数长在渡口的那棵老榕树了，可谓绿云撑天，翠色盖地，尤其它那密密麻麻垂挂的气根儿酷似一缕缕长长的胡须儿，不由会让人想起一位慈眉善目的垂垂长者。游人们都不约而同地聚在树下合影留念，有老榕树作背景，大家顿时变成了被温情笼罩被岁月庇护着的一群快乐的孩子。因为树是可以信赖的，往往在我们回忆某地往事时，常会有一棵期待中的老树，就在前方的不远处摇曳着呢！

　　古人云：盛德在木。木之盛德就在于给人类以生命、家园和未来，而人之盛德就在于珍惜和热爱这些有盛德的树木。在香港最繁华的地方，生长着一棵堪称世界上最昂贵的大榕树。这棵树原本长在半山坡上，建设者为了保住这棵古树，据说花费了2389万港币。他们先是就地造一个直径18米、深10米的大花盆，固定好树的根系，然后将树下成千万吨的山石挖空，腾出地方盖楼，再把树架在楼顶上面。如今人们可以乘电梯，来到大楼的顶层，领略这里的自然景色。这棵被大楼托举的大榕树，独木成林，树冠直径足有20多米，蔚为壮观。以此为中心，形成了一个叫"榕圃"的楼顶公园。最近又欣闻，我所在的省会城市也为古树建立了保护档案，入册的古树名木有360余株，多为侧柏、国槐、圆柏等常见树种，还有蜡梅、蛇葡萄、丁香等等，约有22个科、37个品种，大多都有数百年以上的树龄，有的已逾千载。我们应该想到，这是树的幸运，也是人的幸运。只要人们像尊重老树一样爱护大树小树，何愁我们栖息的山川大地泛不起怡人的绿洲呢?!

辈　分

故乡又有人来了，一个看上去比我还老的人见面就叫我爷爷，城里长大的同事有些不解。乡亲们说，萝卜不大，长在垄辈上了。这就是辈分。

我随便翻了一下手头的汉语词典，书上说辈分是指家族、亲友之间的世系次第。譬如先辈、前辈、同辈、晚辈等等。人类就是这样一辈一辈地繁衍生息，像一棵硕大的树木或曰一条奔腾的河流，在自然的生长与流动中形成了这样的古老文明。尤其街坊间的辈分，你不认还不行，不管你在外边当了多大官或发了多大财，回到故乡就得入乡随俗，该怎么称呼就怎么称呼，按祖传的辈分，叫人一声爷或者被人唤一声爷，都是约定俗成的事儿，其实谁也高不了什么，谁也低不了什么，说到底就是一个口头上的传承，你要不肯继承，那整个村子泛起的吐沫准能淹死你。

再说，受尊重与否与辈分有关也无关，并不取决于辈分的大小，是与一个人的自身修为德行相关的。记得年少时回老家过年，跟大人们到一个平日没有德行的大辈儿家拜年，大人们笑骂着磕头后，还要哄闹着将大辈儿摁在地上，也给大伙儿磕头，活是一场闹剧。

如今，随着时间的延续和人口的迁徙，特别在传承中因不同辈分间的联姻，使辈分的来龙去脉在血缘变换中既清晰又模糊了。但有一点是肯定的，越是辈分大的人家祖上肯定是贫苦的，素有"穷大辈儿"之说。试想啊，旧时的富裕人家的男性都有早婚和娶大老婆的习俗，结果就是早生贵子得以传宗接代。而贫苦人家的男性大多会因家境窘迫，月下老人不肯光顾，婚事被耽搁下来，结果也耽误了后代。这样一代代前赶后蹉，辈分的距离就逐渐拉大了。细想起来，辈分之间的差距，蕴藏着多少世代的悲欢人生啊！

  毋庸置疑，无论乡村或城市，都是因为人口的聚集形成的。最早创世纪的时候，世上是没有城市的，那时人烟稀少，人与人聚集在一起就成了家庭，家庭与家庭聚集起来就成了村庄。那么村庄与村庄连在一起就成了城市。这显然不是一个简单的推想，我的理解是，追根溯源，每一个村庄都有一个最早的祖先。当我回到冀中平原的故乡时，看见村庄之外还有一个村庄，那就是一片大大的坟地。故去的人仍旧以家族的大小辈分排列着顺序，古老的坟头上生长着根系发达的红荆等灌木类植物，苍凉而肃穆。间或有一簇簇茂盛的枸杞挂满又红又大的果子，没有人敢贸然采摘，传说这是故人长出的头发，听着不禁毛骨悚然。但健在的长辈异常从容不迫，曾饶有兴致地领我在坟地里认祖归宗，并准确地指认出他自己应占据的位置，就像介绍新的宅基地似的，内心充满了安慰与憧憬。

  这或许就是世俗的归宿。那些远走天涯的游子有多少人梦想告老还乡叶落归根呢？恐怕身不由己了。出生的城市的后辈已经淡出了乡情和辈分。与我为邻的一个小青年过年跟随父亲回了一次老家，因为祖上辈分小，见到同龄人就得叫个爷爷奶奶姑姑什么的，窝了一肚子的委屈。他说，在城里邻居间大体是以年龄确定辈分，是相对合理的。到了老家，我见人就得小三辈？凭什么呀？

  是呀，凭什么呢？我又能如何说服他！

时光背影

那年初冬时节，我去景色秀美的张家界游览，又顺便到不远处的芙蓉镇探访。进入古镇，迎面铺排的是略显衰败或有些陈旧的吊脚楼、木板房，凹凸不平的九曲十八弯的石板路，以及逼仄狭窄通幽的街巷，整体都是深褐的色调，好像风是静止的，阴郁的天幕下，霏霏烟雨默默描绘出一幅水墨古镇。

其实，湘西的芙蓉镇就是早前的王村，因20多年前谢晋导演的一部电影《芙蓉镇》而得名，刘晓庆与姜文分别扮演的胡玉香和右派分子秦书田，在那个风雨飘摇的年代，无奈或有幸地生存于这样相对闭塞贫困的环境，以卖米豆腐为生，以彼此的心灵取暖，相互依偎着走过的一段难忘时光。现如今或许人们再无暇揣摩当年谢晋导演的良苦用心，他又是怎样百里挑一才找到这个理想中的外景地的？毫无疑问，素被誉为芙蓉之国的湘西定是人杰地灵，芙蓉镇从此走进人们的视野，狭长的街巷古藤蔓般高低起伏曲折回转，促狭地或夸张地占据着每一寸空隙，一层又一层石阶叠加着向上向下，谜一样通向更深更远的街巷，通向街巷连接的恒久时光。

此刻，我分明看见古老的芙蓉镇向我走来，蹀躞的足音近了又远，只留下模糊的时光背影。

在时光的背影里，想象中的芙蓉镇到底会发生那些故事？不尽是戴望舒的凄清寂寥的《雨巷》，不尽是那位丁香一样模样，丁香一样芬芳的撑着油纸伞的依然彷徨的姑娘……这里每月依旧放映着古镇演绎的影片，时光的镜头扫描或聚焦的地方，应该是黎明的晨曦抑或朦胧的月色，毫无吝啬地洒落在岁月斑驳的古巷，映印着后人仿古的贞节牌坊，以及胡玉香和秦书田踩着舞步抡着扫帚的剪影，那种戴着镣铐的舞蹈，无泪胜有泪，有近乎残酷的浪漫。终于，两把舞动的扫帚累了，并排站在一起；两双鞋子停止跳跃，紧紧拢在一起；两个沦落至此的男女爱了，相拥着而眠……或许这只是无限时光的一瞬，是上天的悲悯和惠顾，让漂泊的心灵不再孤单，波澜的世界沉浸于片刻的宁静，大爱不言享无声，而喧嚣中的静谧正是时光祈祷的福音了。

在时光的背影里，最先引人注目的该是具有土家族风格的吊脚楼了，它的造型总让我联想到西沙的高脚屋和海上的钻井平台。这种纯木结构的楼阁，由上下两层组成。最早是为了防御野兽侵袭，上层居住人口，下层放置杂物或饲养牲畜。听当地人讲，吊脚楼的主梁是不能花钱购买的，楼主人只要白天看上谁家的大树，就自顾在树上作一记号，夜晚尽管带人去伐树好了。待到树将被运走之时，树的主人家就会敲锣打鼓齐声呐喊，点燃火把佯装捉贼，直到把人和树一起送走。树主人内心是喜悦的，这预示着后人将出栋梁之材。由于古老的风俗注册了吊脚楼的千年沧桑，我站在高高的阁楼上，就不难窥见吊脚楼所承载所解读的沧桑意象。那些低矮的屋檐，袅袅的炊烟，乌黑的房脊，以及瓦缝间瑟瑟的野草与庇荫处泛起的青苔……都似乎述说着什么。

在时光的背影里，这段古色古香的街市以自己的崎岖坎坷乃至扭曲，婉拒所有车轮的碾压，只有随处可见的稀落的游人，悠闲的脚步，淡定的面孔，晾晒的衣裳、腊肉、鱼干，以及屋檐下慵懒的狗和猫……大家都在异口同声，说自家卖的才是影片里胡玉香所做的米豆腐。更多的是出售古玩古物的店铺，或厚重或精致，或做旧或翻新，银器、铜器、玉器、瓷器、木器……蕴藏着沉积的历史，人类再如何折腾也难掩岁月的光芒。

我试图透过一面锈迹斑斑的古老铜镜，探询古镇的来龙去脉，我望见了自己黑色的眼睛，以及眸子里成像的景物，温情的血脉由内心延伸开来，感情的触角轻叩了梦幻的故乡，芙蓉古镇就像一位长者应声开门，望着是那么仁厚亲切。惬意的生活自然地陈列着袒露着。店铺里慈眉善目的老阿婆端坐其中，也有穿蜡染花衣的年轻女子打理生意，有现场制作的祖传姜糖，有编织精美的土家背篓……

当我挥手与古镇告别时，暮霭中芙蓉镇变得再次模糊起来，留下的仍是一帧古老时光的背影。

梦里小木屋

许多年了，那童话般美丽的小木屋总是在我的梦境里出现。

于是，在一个气定神闲的午后，我想仰坐在那把简陋的藤木摇椅上看书了。因为徐迟先生说，当你的心神能够安静下来的时候，你便可以读梭罗的《瓦尔登湖》了。如果读一本宁静、恬淡、充满智慧的书，没有与此相匹配的心境恐怕是读不出意味来的。

书中的梭罗只身来到湖水边，用斧头、锯子、手推车等简单工具，建造了一座童话似的小木屋，湖畔临风，放养心智，劳作、生存、观察、思考、读书和写作。我无法目睹书中令人心仪的小木屋，仅是揣测中无意瞥了一眼客厅悬挂的油画，感觉真是巧合，画面中竟有一样茂盛的丛林边缘，一汪明镜般的湖水之畔，一条林间小路通向一处木头建筑的小屋，那不正是梭罗搭建的木屋吗！尤其屋顶飘动的白色炊烟很轻很轻，犹如他的诗句："翅膀轻展的烟啊/伊卡洛斯之鸟/向上升腾/你的羽毛就要溶消……"画面意境恰是一种令人失语的大静美。

梭罗说，他不是隐士，他在瓦尔登湖畔的小木屋只待了两年零俩月。可为什么要在那么宽敞的地方搭一间那样小的木屋呢？以至于他要常常站立着与满屋的造访者聊天。或许人是需要孤独又害怕孤独的吧。越是地域空旷的地方，比如大漠、草原，人们造的房屋会越小，人需要紧靠在一起，相互温暖抵御孤独；而越是地狭人稠的地方，比如繁华都市，人们越是设法建造大房子。再比如越是拥挤的车厢，人们越是要多占座位。这是说人需要扩充独立空间享受孤独吗？还好，梭罗孤独的小木屋离铁路仅半英里（1英里约合1.6公里）距离，他说常有一些令人愉快的访客，比如小孩子来采浆果，铁路上的工人穿着干净的衬衣来散步，充盈着人与自然的和谐与惬意。我在梭罗的瓦尔登湖畔，终于听到了火车的声音，汽笛穿透林子。这是一百多年前，火车"吼声如雷，使山谷都响起回声，它的脚步踩得土地震动，它的鼻孔喷着火和黑烟，看来好像大地终于有了一个配得上住在地球上的新种族了。"梭罗说，火车的进站出站老远就能听到，人们根据汽笛声校正钟表，是一个管理严密的机构调整了整个国家的时间，以至于"火车式"作风成了当时流行的口头禅，正好让我们联想到今天人们所诟病的列车不能保证正点。梭罗是那样地喜欢火车，他与车上的人不时打着招呼，人们以为他是个铁路雇员呢，他说他乐意做某一段路轨的养路工。

　　我想这不正是我童年的理想吗！从年少时起我也是一个火车迷，梭罗的小木屋与我梦中童话般美丽的小木屋重叠在一起：葱茏的山脚下，一条铁路伸向无限远的密林深处，路旁有一间尖顶的小木屋，周围簇拥着青藤、篱笆、牵牛花什么的。我憧憬着我若是住在里面，每天迎送日出日落，迎送火车往来，该是一件多美好而诗意的事情啊！

　　等我到长大后，知道了那其实是一名巡道工驻守的小屋，烈日酷暑、寒风暴雪、长年累月、日复一日，用脚步丈量着一段熟悉又熟悉的道轨，那是一个人的长征，更像单位面积上的一个囚徒。如果自身没有足够的修行和定力，接踵而来的寂寞、枯燥、艰辛和沮丧，会逐渐将想象中的快乐、自由、浪漫与诗情画意消解无几。后来，我采访了一位小木屋的主人，写了一首叫《夕阳小屋》的诗，在《工人日报》发表，因在读者中产生共鸣，随后编辑配发了诗评。诗中写道：被一抹夕阳镀亮的小屋/一如主人渐近的晚年/装饰了远山的风景线/或许很少有人知道/一位老巡道工在此默默走过多少年/他说为什么要让人知道呢/只要瞬息而过的列车心照不宣……

　　那一刻我发现我可以有心去写那座小屋，却无力再做小屋里的主人了。从此有了我自知之明，承认做不到那种坚守和执着。童话般美丽的小木屋就总在我的梦中，再不愿醒来。

培植性情

　　10年前,家在省城的西北地带,我从新居的窗口望见楼下的土地长满了庄稼和菜蔬,恍然置身田园风光之中。大约一年前,这里曾开沟挖槽,拉砖运灰,呈大兴楼盘建筑之势。不料一日,有成群村民聚此蹲坐阻止,工程便停了下来。于是拥护者欢欣鼓舞,说附近的公园狭小逼仄,绿地太少,都希冀政府在这里拓展些绿化空间或规划些活动场地。

　　就这样议论着猜测着期盼着,这片土地被闲置了。萌芽的季节,土壤中蛰伏的种子不甘沉寂,被惊蛰的雷声唤醒,野草、野花、野菜们伸一伸腰肢,便纷纷展露出春天的容颜来。但这些野生作物没了主人保护,便不时被附近的居民砍伐毁弃,好像是约好了似的,人们以家庭为单位瓜分了这片土地,真有点刀耕火种的意味,用简单的农具,用原始的方法,点种自己心仪的作物,在极不规则的地块上,有大豆、高粱、玉米,有土豆、红薯、冬瓜,有豆角、茄子、西红柿,还有旱烟叶和向日葵……应有尽有,人们尽情地经营着自己的一片乐土,试图将身心的所爱所悟物化为纷繁的茎叶与果实。住在楼下的兄弟说:"如今的人活得心累呀!我得去放松放松了。"说完扛着一把新买的锄头下地去了。

　　我留意每天清晨,有一对老夫妻都会骑一辆小的三轮车准时到来,手提盛满清水的塑料桶,依次给心爱的豆角、西红柿浇水,然后是培土、除草,乐此不疲。我禁不住凑前与他们闲聊起来,两位老人说，退休了，吃穿不愁，种地只是图个乐呵！并许诺在他们种植的菜园里，我是可以随便采摘的。我谢过了老人，相信在这里种植的人是极少受生活所迫的，大多都是来培植性情的吧！

果然我在土地的边沿看到了一对年轻的夫妻，他们正在给几十棵向日葵浇水、培土。用他们的话说是在"追求一种新奇的体验"。年轻的妻子还不时抹一把额头的汗水，嘴里哼着"樱桃好吃树难栽"的曲调儿，还问这歌是谁写的？"劳动给人简单的快乐"，看来此言不谬，侍弄土地竟能一时逃离职场的诸多烦恼。

或许真正的快乐需要远离职场，大多做不到。比如大家都知道寄情于山水田园的陶渊明，一瓢饮，一箪食，即使生活条件极其简陋，但他内心的快乐却是"采菊东篱下，悠然见南山"。据说，陶先生当初弃官不做，是因不愿与颐指气使的上司"束带见之"，就是不愿为五斗米折腰。所以他在《归去来兮辞》里感叹"既自以心为形役，奚惆怅而独悲"。当然他的归隐田园也有孔子"天下有道则见，无道则隐"的影子。

所谓"小隐隐于野，大隐隐于市"。谁也无法揪着自己的头发离开地面，世人往往是隐了身却隐不了心的。我有时望着眼下这片不断被楼群包抄蚕食的土地，寻觅供我隐逸的田园最终应该在哪里呢？想想，还是下功开垦自己吧，在无疆心灵的宁静沃野上，培植高尚优雅的性情，则是最可从容掌控的选择。

都市里的家园

不久前,我到一个大城市开会,住在20层的一间客房里,俯瞰楼下宽阔通畅的街道,临街除了高耸林立的办公楼外,只有零星的居民楼夹杂其间,再也看不见一处商铺。街面上有流水般的汽车急驰而过,人行道上也只有疾步而过的身影儿。我明白了,这是一处公事公办的街区,甚至连每个人的表情也是职业化、公式化的,市面上少了中小城市里世俗的家常的琐碎景象,人群里也少了那种极生活化的慵懒和悠闲。

听当地人讲,过去这里还是一个纷繁杂乱的街区,栖息着真正"土著"的都市居民,你从路边的平房前经过,就能看到在树下纳凉的老人和玩耍的孩子,鼻腔里不时袭来男女主人烹出的饭菜香味儿,满大街袒露着居家过日子的烟火气象,纯粹一幅活脱脱的市井图或民生画。随着当下时兴的旧城改造,古老的房屋拆除了,这里的居民被迁走了,据说居住的面积扩大了,只是位置由繁华的市中心移到了很远的市郊,不知道这些远离摩天大楼笼罩和霓虹灯媚眼的居民是否过得惬意?由于路途、交通等不便因素导致的就业、生活等诸多不便,心身是否也都一同沦落到了城市的边缘?

所谓的城市形象在有形无形中剥夺了部分的民生便利。这或许就是城市规划过程产生的始料不及的矛盾。

好在有政府和专家已经意识到了,城市改造不仅是一个物质问题,更是一个社会问题。光凭大铲车、推土机是解决不了根本问题的。20世纪60年代，就有一个叫简·雅各布斯的美国女记者，她以一位母性的视角，针对当时美国的大规模城市改造，写了一本名为《美国大城市的死与生》的书，她在书中写到："为了以这样的规划方式来给人们提供住宅，价格标签被贴在不同的人群身上，每一个按照价格被分离出来的人群生活在对周边城市日益增长的怀疑和对峙中。"我不由地猜想，人们在长时间的怀疑和对峙中，心与心交流能否相通？除了那些被迁移了的居民，侥幸住在这个街区几座楼房里的居民是否感受到了侥幸？是否感到了生活的便利与快乐？大城市的建筑除了有利于观瞻，是否应考虑对于居家的功能性和实用性，为居民生活提供丰富多彩的交流空间与安全舒适的私密空间。也就是说如何在城市建筑中寻找一个彼此兼顾的平衡点，进而实现科学协调发展。我非常羡慕住在北京胡同四合院里的老大妈，一边照看着吃巧克力的孙儿，一边惬意地忙碌着腌制心仪的特色小菜，给人有一种家的温馨感受。

于是脑子里突然冒出一句话：城市里的和谐家园。

那么，什么样的城市才是和谐家园呢？我的邻居大妈说，就是住着舒坦，心气儿顺畅。我的理解就是如何在细节上体现"以人为本"，各有所居，居有所乐。其实，人们在钢筋水泥构筑的楼群间生存，真正关心的是道路是否畅通安全，下水道是否堵塞了，空气与水是否洁净，买东西看病是否方便合理，孩子"入托"上学是否容易，公园绿地生态环境是否宜人，甚至从马路牙子的规整程度都能反映出城市的品位。总之一句话：居民是否对城市有舒适的满意度和家园的认同感。

最近，我按照自己的理解，执意购一处临街的房子作为宜居的家园。我想在看书写作累了的时候，站在新居客厅的落地窗前，能欣喜地看见临街的大小门脸儿，有近在咫尺的食品店、鱼鸟花店、书画店，不远处有公园绿地。友人提醒我，还是找个僻静的地方为好，但我坚信最好的宁静是内心的宁静，我想在我闲暇孤独的时候，能够坐在窗前的一把藤椅上，看着大街上悦目赏心的繁华市景，享受一座城市包容的和谐与一个平民简单的快乐。

阳光的味道

我和同事到贵阳出差,在遭遇几天的连阴雨之后,自然而然想念起阳光来。当地的朋友说,顾名思义,贵阳,贵阳,就是宝贵阳光的意思。这地方阳光昂贵呢!随后几天,洗过的衣服无法晾干,总期盼着雨后天晴,明媚的阳光普照着大地。

终于,在返程的列车上太阳惠顾了我们。这使我们非常兴奋,不禁想起多年以前,有位老人告诉我"阳光是有味道的"。说这话的人并非什么浪漫诗人,而是一位胼手胝足的老农民。

当年的农村,一到夏收和秋收时节,村头平阔的打谷场上,四周便堆满了圆圆的高高的麦垛和谷垛。夏夜缕缕清风吹来,这里是乡亲们饭后纳凉的去处;秋夜月光皎洁,这里又是孩子们娱乐打闹的场所,当然,更多的时候这里是铺展阳光的地方。场地上有成堆成垛收割来的庄稼等着晾晒、碾粒、扬净、归仓……这里太需要阳光了!如果麦收时赶上几天阴雨不晴,生产队只能将收割的麦子分派到各家各户去。男女老少齐上阵,人们或用手脚揉搓,或用木棍棒槌敲打,靠笨办法也是当时唯一有效的办法,将麦粒儿脱出来,然后再放进烧热的大铁锅里烘干。不然的话,就只好吃带有霉味儿的黏馒头了。可以说,一年中有大半时光祈求雨雪的农民们,只有此时盼望上苍赐予阳光。

记得那年秋天,天好像被谁捅漏了似的,不停地下雨。我跟着一位老伯看护场院,泥土垒就的场屋里潮湿极了,夜里钻进被窝里,感觉被子是黏黏的，**辗转反侧难以入睡**。老伯蹲在墙根儿说："这时候粮食比人还难受，恐怕就要发霉了。"老伯睡不着，不时到屋外看天，脸上布满愁容。第三天夜里，我突然被老伯推醒，他说明天肯定是个大晴天，高兴得像个孩子。大清早，生产队长就带人来了，在场地上铺晒了大片的黄豆秧儿，老伯又嘱我把被子晾晒出来。整整一个上午，久违的阳光关照着我们。晌午时分，就能听见豆荚儿爆裂的响声，我想这或许就是老伯最想听最爱听的"农家乐"了吧？老伯果然来了兴致，和着这响声扯开嗓子吼了一段河北梆子，唱腔高亢激扬，就像辐射满地的阳光一样透人肺腑……

这天夜里，我躺进带着阳光体温的被窝里，感受惬意之余，总有一股说不清楚的土兮兮的味道直冲鼻孔，我问老伯："这是什么味道呢？"老伯笑着说："阳光的味道呗！"

这句话牢牢地印在我的脑子里。三十多年过去，我看阳光驱逐黑暗，看阳光消除霉变，看阳光孕育万物，心里一直揣摩阳光到底该是一种什么味道呢？百思不得其解。

夜晚，在朦胧的灯光下，我发现儿子正美美地躺进刚刚晒过的被窝里，还情不自禁地抽了抽鼻子，我想他或许闻到阳光的味道了？至今没有人能准确地告诉我阳光究竟是个啥味道。

我知道味道应该是品尝或者嗅出来的，而"阳光的味道"似乎只能感觉，是很难说清楚的。因此我总禁不住感慨，当年那位农民老伯分明就是一位民间诗人，竟能说出那样意象空灵、令人回味无穷的诗句……

母亲的棉花

又是金秋时节,我乘坐在去京城的高速列车上,透过车窗望见平原上大片大片的棉田,雪白的花朵烂漫了大地。我内心感叹:这是一场多么温暖的大雪啊!棉田里有身着花衣的女人们正在弯腰拾花,再现着印象中最传统最经典的劳作姿势,就像不久前我看到的一个表现拾棉花的优美舞蹈。我知道正是这些朴实无华的动作恰恰蕴涵了舞台上那些极具灵性的艺术元素。

这个时候,我看到不远处一位拾花的女人站直了身子,她用手背捶打着一定是酸痛了的腰肢,然后抹一把额头的汗水,望一眼棉田的尽头,又弯腰继续拾花……我突然眼窝儿一热,不由地想到年轻时曾经在乡下拾花的母亲,一时间阳光下的棉田充盈着温馨的记忆,往事笼罩在一片母性的光辉里。

我的故乡是冀中平原上的产棉区,棉花是主要的经济作物。当棉苗儿顶着两片小小的嫩叶儿拱出地垄,棉田里就成了女性的领地,间苗除草,喷药灭虫,整枝打杈,样样都是细致的活儿,女人们精心打理着心爱的棉花,就像养育和梳妆自己的女儿一样,期间的艰辛是不言而喻的。当棉株长到齐腰高时就要打尖了,这时的棉株被限制长高,但谁也阻止不了它生命的张扬和铺排,四周枝杈重叠伸展开来,摇曳着心形的绿叶,绽放出青春的花朵。我周围的很多人只知道棉花是雪白的,却不知那是棉花成熟时的果实,那白色的棉绒中包裹着黑褐色的棉籽儿。或许人们大多只重结果而轻过程,那些美丽的花开却被人忽略了。其实棉花的花朵也是五彩缤纷的，花瓣儿犹如绸缎般的质地，红色、黄色、紫色、蓝色等等色彩十分鲜艳华丽。待到花儿落了，就会有绿绿的棉桃儿脱胎出来，很羞涩地躲藏在绿叶之间，直到渐渐地长大，骄傲地隆起母亲的图腾。孕育的过程显得幸福和宁静，无声无息中暗绿色的叶片和棉桃悄然变成了褐红色，细细地观察，好像有殷殷的血脉在隐约流动。此刻的天气总是风和日丽，好像也在为春蚕般的棉桃吐出洁白的棉绒而生恻隐之心吧。在母亲的期盼和守望里，大朵大朵的棉花终于成熟了绽开了，和母亲一样的女人们脸上的笑容也甜美了绽开了。

收获的季节，雪白的棉花铺展着喜悦和吉祥。村头平坦敞阔的晒场上，荡漾着一片缠绵的温情，满眼都是棉花堆砌的小山和棉花涌动的波浪。我和小伙伴儿们尽情地蹦呀跳呀翻呀滚呀，定要尽兴地放浪自己一番。时时处处簇拥着我们袒护着我们的棉花，使我们顽皮的身心得到柔情般的呵护，沉浸在母亲般的博爱襟怀里。

儿时的乡间，棉田的意象是母性的温暖的。有时放学后，我向着一群在棉田劳作的女人呼喊母亲，必然引来所有母亲的应声回头，我能接受到女人们不约而同传送来的慈爱目光。她们会把我领到一株藏匿在棉田里的野葡萄旁，那种俗称黑榴榴的果实，一嘟噜一嘟噜地甜蜜了我的童年。当我再次抬头远望时，看见年轻的母亲穿一件蓝白碎花袄儿，腰间挂着鼓鼓的盛满棉花的大布兜向我走来，跟在后面的女人们全像孕期中的母亲摇晃着有些笨拙的身子，成为我一生不可抹掉且时常浮现脑海的动人景象。

我结婚的时候，母亲用她亲手种的棉花给我们做了四床棉被。许多年过去，母亲的棉被一直包裹着我温暖着我。母亲的棉花啊，就常年盛开在我的梦乡里！

又见香椿

四月天里,春风春雨里的香椿树开始萌芽儿,就能听到叫卖香椿的吆喝声了。

每每看见街头菜摊上,色泽酡红的香椿芽儿被小贩们扎成小捆儿码着,尽管用湿布盖了,时间略长仍免不了露出一副蔫倦倦的样子。这时,我总会想起在这座城市里曾经居住过的一处庭院儿,想起庭院里长着两棵香椿树,想起采摘香椿芽儿馈赠亲朋好友的情景。随即心中感叹一声,只有亲手采摘的香椿芽儿那才叫一个鲜嫩!可惜,我已搬了家,这些都成了别后的遗憾,沁我肺腑的香椿味儿随风散淡了,然而记忆中的香椿树还在生命的深处执着地生长着、深情地摇曳着呢……

其实在我的故乡,乡亲们在庭院或房前屋后栽植香椿树的习惯历史悠久,一棵或几十棵香椿树,往往就是一个庭院或一个村庄的特有标志。远远地望去,村口或院子里高大的香椿树便是游子心目中摇曳着的故乡意象了。瞧那一簇簇极力向上的枝条儿,多像挥动的手臂啊,招呼着每个过路的行人;又像绿茸茸的鸡毛掸子,正试图轻轻掸净白云飘浮的蓝天……

或许你会在香椿长出嫩芽的时节,看见有人攀在一棵香椿树上,或用手或借助于绑在长竿上的铁钩儿采摘香椿芽儿,你一定会不由自主地进入香椿烹调的诱惑里,定会想到香椿拌豆腐、香椿拌冷面、香椿炒蛋、腌香椿等诸多美味。据营养学家说,除香椿的根、皮、叶均可入药外，香椿更是名贵的木本蔬菜，其顶端嫩芽多汁，香气浓郁，营养丰富，蛋白质和磷含量颇高。对其营养成分进行综合评价，香椿居西红柿、黄瓜、大白菜、甘蓝、菠菜之首，是蔬菜中的上品，可适用鲜食、炒食、凉拌、油炸、腌制等多种吃法。香椿不仅是寻常百姓餐桌上的佳肴，在大大小小饭店的菜谱上，也占有一席之地，赢得了众多食客的青睐。

在我的心目中，一棵香椿树不仅仅是一帧单纯的美丽风景。香椿树又是具备足够天分的，它有自己的处世哲学，它有自己的生存智慧。我们只要稍加留意就不难发现，世间物种不少是以"示强"或"示恶"立世的，譬如一种臭椿树就是以"示臭"保护自己。而香椿树却是以"示弱"作为立身之本。它的木质偏脆，易断，树芯儿呈褐色，有"桃花心木"之说。枝条呈空芯儿状，一般枝条难以承载一个人的重量，使得采摘者望而却步，不敢铤而走险，就会有所顾忌，有所保留。香椿树也就有条件地保存了自己，不至于遭遇灭顶之灾。很显然，在很多情境下，以弱为强正是辩证法。

当然，树的智慧是人领悟出来的。但我深信世间万物各有生存之道，并不怀疑树是能够诠释思想的。所以我一想到香椿树的时候，就仿佛嗅到香椿树灵魂的芬芳了。

金色麦浪

进入六月，就到了收获小麦的季节，放眼北方辽阔的原野，那与绿色条块间作的金黄地带，季风翻卷起滚滚的麦浪。

在我的心目中，麦穗儿色彩是诱人的，它使我联想到贵重的金子以及宝贵的时光；同样，麦穗儿的身份也是尊贵的，它使我联想到镶嵌有麦穗儿的国徽和米勒的那幅向土地弯下腰身的《拾穗者》名画。我总觉得饱满的麦穗上闪烁着金色的思想。

我记得儿时的故乡，每逢麦收时节，拂面的热风好像是蒸熏过的，似乎空气中隐约漂浮了麦香的味道。我不由地抽抽鼻子，笑容可掬的奶奶说，你准是嗅到谁家刚掀开锅盖，蒸出了一屉白白胖胖的香馍馍了吧！这时我会站在村东口的那棵杜梨树下，举目远眺骄阳朗照的大片的麦田，只见地平线上风起水生，空气像亮晶晶的水波一样静静地流动，劳作的人们神仙般在风水中款款游走，有一种空灵的曼妙之美。奶奶站在我的身后，告诉我那就是土地的风水。并自言自语地说，种麦子的地方都有好风水啊！

多少年以后，我认识的一位诗人朋友，有着很浓的麦子情结，写了许多有关麦子的诗章。他总爱对着成熟的麦田大声地朗诵：麦子，麦子，我的麦子啊！我想他不是无病呻吟或故作姿态，一定是对麦子的由衷感叹，毕竟人与麦子生发的故事太久太多了。最先看电影时，凡是反映抗日战争的影片总少不了这样的场面，遍地的麦子熟了，鬼子也要从据点炮楼里出来抢粮了。乡亲们从抢种到抢收，到手的麦粒儿都不是轻易得来的，不仅要与不劳而获的侵略者夺，还要与不等人的时辰抢。夏收紧连着夏种啊，即使是和平年月，一旦到了收割时，也如同遭遇了一场突击战。要在晴好的天气里，在阴雨的间隙里，确保夏季的收成。奶奶说，还指望收麦子磨面，包饺子过年呢！届时的庄户人会走进金灿灿的麦田里，掐一穗儿麦子在手掌中撮弄一番，喷一口气儿吹去散碎的麦壳儿，将掌心的剩下的麦粒儿丢进嘴里，一边咀嚼着一边说：该开镰啦！于是吃过晚饭，就开始蹲在场院里蘸着月光磨镰刀了，那节奏明快的磨镰声就像一道道战前动员令，在乡村寂静的夜晚传播得很远很远，一把又一把被磨亮的银镰就像一弯弯新月，挂在每家庭院的墙壁上。翌日天色未亮，麦田里早是一派热火朝天景象。男女老少齐动员，年轻力壮的男女在前挥舞镰刀，唰——唰——，一垄一垄的麦子应声倒下，年迈的老者紧随其后将割倒的麦子扎成捆状，等待运回村头的打麦场。那时的孩子们是要放夏收假的，也忙着帮大人们送水送饭，干一些捡拾麦穗儿的活计。此时此刻，乡村的速写，是一幅挥汗如雨、争分夺秒的麦收图。

　　后来，我在部队时参加了几次麦收支农活动，亲历的艰辛至今铭记于心。在溽热难耐的天气里，还必须穿上长衣长裤，即使这样也不能防御麦芒的锋利，麦芒依旧会穿透衣裤，将手掌、胳臂、大腿刺得伤痕累累，又痛又痒……当时的体会是：馒头好吃，割麦辛苦。现在好了，实现了麦收机械化。时值麦收季节，已见排着雁阵般的收割机从南向北徐徐迁徙，大片的麦田依次被收割干净，直接脱粒烘干归仓，省却多少繁重和辛劳啊！记忆中的打麦场，滚动的碌碡，扬场的木锨，以及圆圆的馒头般的麦秸垛，已成为渐远渐逝的童年风景。

　　如今又是麦浪滚滚的时候，我又回想起了故土的乡亲，又回想起了故去的奶奶，想起奶奶至今守望的麦田，那翻动向前的一层一层的金浪啊，一直拍打着遥远的天边。

夏日蝉鸣

没有蝉鸣的夏天，那能叫夏天吗？

夏天无疑是喧嚣的，来自大自然的经典乐章恐怕就是蝉的交响了。在我的印象中，蝉也适宜入诗入画的，它在诗人和画家的笔下同样充满了灵性，一静一动一唱之间便成全了文学和艺术。

蝉，这个被我们叫作知了的生灵，或许是缘于多年的潜心修炼，经历了地下漫长的深埋和苦寂，或是压抑太久，埋没得太深，一旦出世就荡起一片生命的宣言。刚入伏的时节，最先鸣叫的是一种个头儿极小的灰褐色的蝉儿，它的发音尖利，听起来有如"伏了——伏了"的谐音，被人称作"伏了"。紧接着大个儿知了出现，它们合唱的歌声浩浩荡荡，此起彼伏，总是连成一片，我不知道是否因此才有了"蝉联"这个词儿，但它的确形象地诠释了连续相承的意思。

童年的时候，我曾生活在冀中平原的一个小村庄里，那里生活着疼爱我的祖母，是我的故乡，也是蝉的故乡。一条蜿蜒东去的滏阳河从小村的北头流过，沿河的大堤上长满郁郁葱葱的高大柳树，柳树枝干上爬着密密麻麻的蝉。汛期一到，一声蝉鸣引来万蝉齐鸣，盛夏季节的河床里翻卷着排洪的浪头，而河堤上激荡的则是蝉鸣的阵阵波涛……

那时我不知道这蝉的意象与文学与艺术有什么关联，但我的确喜欢蝉。喜欢蝉就想得到蝉，便和小伙伴儿们去捕蝉。当时最传统的方法是套蝉，求饲养员大伯帮助揪一根马尾丝儿，再将马尾丝儿对折捻成一股丝儿,将一端串进另一端的套子里。这样,一个捕蝉的圈套儿便做好了,然后绑在一根长长的柳条上。我和小伙伴儿们悄悄爬上高高的柳树,骑坐在一个大树杈上,悄悄将捕蝉的套儿伸向目标,那蝉一定误认为这是一个平常的枝条儿,也或许是视力所限,并不察觉面临的险境。它会伸出前面的两条腿儿去触摸细细的马尾丝儿,渐渐地入了圈套儿,我们只需随手一甩,一只蝉便被套牢了。那中了圈套儿的蝉拼力地扑棱着挣脱着,如果是雄性的必然发出强烈的嘶鸣,可一旦被捉在手,立刻变为呜咽般地哀鸣与呻吟,再也吟唱不出欢快的旋律了。

蝉是崇尚自由的,失去自由便失去了歌声。我将蝉放入蚊帐里,它始终静静地挂在那里,沉默如一幅素描,宁为一个精神的囚徒,不肯屈服鸣唱。绝不像蝈蝈蛐蛐之类,哪怕被寄养在罐笼里也会不时地歌唱。我动了恻隐之心,决定将蝉放飞,只需一松手,"唏——",那只蝉拖着一声长鸣去了。就像长长地舒了一口气,禁不住发出一声重获自由后很爽快的呐喊。

我知道它又投入了夏日的合唱。

我想,放飞一只蝉不就是放飞一个季节吗?是的,没有蝉鸣能叫夏天吗?哪有夏天没有蝉鸣呢!不然,为什么一到深秋,我就有了"噤若寒蝉"的萧疏心境呢!

我又想,学做一只蝉也好,有操守有气节,有追求有热爱,如此短暂的生命,竟然迸发出如此华彩的乐章。

我喜爱夏天的蝉鸣。尤其喜爱晴天盘坐在硕大如盖的树冠下,沐浴在瀑布般的蝉鸣声中,洗涤日月的沉寂与落寞,感受盛夏的火热与阴凉……

亲切的红枣儿

最早读鲁迅先生的书，读到《秋夜》一文中"在我的后园，可以看见墙外有两株树，一株是枣树，还有一株也是枣树"的句子。当时感觉亲切极了。我说我家的屋后也是枣树，不是两棵而是十几棵呢。

感知红枣的亲切应该与乡情有关。因了在北方的故土上，我最常见的果树便是枣树了。它扎根庭院村头或地边沟沿，耐得贫瘠和干旱，不求刻意侍弄，就像这方水土上随风而长的孩子，有着极强极韧的生命力。

我的童年里最先的向往，就是家中院子里能有一棵硕大的枣树，最好树的枝杈伸向屋檐上面，等枣儿半红的时候，就可以站在自家的屋顶上随手采吃，甚至张开嘴就能吃到甜脆的枣儿，那该是何等惬意的享受！可惜我家的院子里没有枣树，这一直是我的遗憾。在我参军即将离开家乡的那年，我和少年时的几个伙伴儿执意将自家屋后的一棵枣树移栽到院内，那棵枣树长得足有小碗口儿粗了，圆圆的树冠铺展开也有三四米的直径，从大门口是无法进到院子里的。我们就将枣树越过围墙抬进院子。年迈的祖母挂着枣木的拐棍儿，挪动着一双小脚走出里屋，站在一边看我们栽树，瘪了瘪没牙的嘴说："这么大的树能栽活吗？看把你们能耐的！"你猜后来怎样？那棵枣树还真的栽活了，以致二十多年后闻听有关大树进城的消息，竟自豪地向同事吹嘘：这有什么稀奇？我曾经将大树进院呢！

正像当初想象的那样，我亲手移栽的那棵枣树在故乡的厚土上枝繁叶茂，心有灵犀似的，竟有结满累累红枣的枝条伸向了屋檐儿，等待我去采摘哩！只是祖母去世后，故园已无后人居住了。但那棵枣树总是摇曳在我的梦乡里。那一年初冬我与战友一起出差，顺路到战友的家乡阜平，满山满沟到处可见浩瀚的枣林。是夜住在战友家中，盘坐在温热的土炕上，战友的老父亲为我俩炒了一盘黄澄澄的土鸡蛋，吃在嘴里香极了。又见他随手拿一只空酒瓶，伸手到门后的大缸里"咚咚咚"地灌满了瓶子，乐呵呵地说："孩子，随便喝，自家酿的枣酒！"那酒有红枣醇厚味道，是有足够回味的后劲儿。进口甜丝丝的，落到肚里暖暖的，不知不觉中，酒不醉人人自醉了。

可以说，我和枣树的亲近应该说是与生俱来的，儿时在故乡的平原上，除了见到枣树，还能见到什么挂果的树呢！可如今住在城里见到的树很多，却唯独少见枣树的影子。我想或许是因为枣树缺乏观赏性吧，又或许因为生长速度慢失却了城市绿化者的青睐。但滋补气血的红枣却无时不在滋养在城里的人们，超市的货架上和街巷里的流动摊位上，色泽鲜艳的红枣不失时机地诱惑着人们的视觉和欲望。有时我独自端详一颗红亮的枣儿，那枣儿上好像映印有山色云影和飞鸟翅膀，想定是采集了日月经纬天地精髓，才提炼出这玛瑙般的人间神果吧。而枣树就是村民们种的铁杆庄稼，年年守望着脚下的热土，年年吐出嫩绿的芽叶，年年开着米黄的枣花，年年奉献火红的希冀。即使树老根枯了，你也能从一棵枣树的年轮上，寻觅到熔岩的涟漪与江河湖海的流向，寻觅到母亲与土地的汗腺乳腺。金属般质地坚硬的红枣木，纹理中好似有血脉凝结，旧时是要被农家用作打坯的模具，或用做脊骨般挺直的车轴、车梁，或是用做挺立门户的门框……

所以说，在我的心目中，红枣是有象征性的。去年我和一帮文友去城外郊县采摘红枣，在盛产红枣儿的地方，我一眼望见和枣树一样站在村头的乡亲们，那里也长着一棵又老又矮的枣树，突然想，那是我故去的奶奶么，依旧在故乡的村口守望？我的泪水顿时噙满眼眶，心境一下子回到童年回到故乡。我随即写了一首诗《大红枣儿挂心头》，诗中写道：我只需要微闭双眼／一嘟噜一嘟噜的红枣儿／又在童年的枝头晃荡／我的天空，放飞墨绿的云朵／隐现其间的是红红的枣儿／闪烁出亲情的光芒……

厮守的城市

我注定离不开这座城市。

石家庄不是我的故乡，我的故乡在冀州，离省会直线距离恐怕也有一百多公里呢。但决谈不上有多遥远。可不知为什么，近来我在梦中越来越找不到回故乡的路了，总是翻来覆去走不出这座城市，总是分不清楚梦里梦外地游荡。好多年了，就这么自由自在熟门熟路地穿街走巷，好像四周弥漫和浸润着的都是怡然、惬意、和谐的气息。禁不住屈指一算，乖乖，自己在此居住的日子早已远远超过在故乡度过的时光，既是一棵树也该扎下深深的根须了，也该生长得树冠如云了。何况是一个有血有肉有情有义的人呢！

30多年前，我是穿着一身戎装走进这座叫石家庄的城市并落脚生根的。十几年军旅中曾有两次可以随调进京的机会，就被我那么稀里糊涂地耽误了放弃了。我担心在北京那样一个偌大的繁华的都市里我会迷失了自己，多少次我站在人如织、车如流的长安街上左顾右盼，眼前一片茫然，一时间处于孤独、失重的状态。心说，怪不得多年混在都市的人总有挥不去身若浮萍的感觉，一直都在漂着呢。我独自静下来的时候，不免要叩问自己：果真喜欢居住的这座城市吗？喜欢这座城市的什么呢？嘴上不是时不时地抱怨，也随着别人一起抱怨么，抱怨不冷不热的春秋总是过于短暂，干冷和溽热的冬夏总是过于漫长；抱怨天不够蓝，气不够新，水不够秀，地不够净，人也不够讲究；抱怨小摊贩太多，人行道太窄太乱，自行车太多太挤，公交车也太少太慢；尤其不满在中秋赏月的兴头上，被暮色四合般的浓烟笼罩，呛得口鼻呼吸不畅，辣得眼睛流泪；尤其不满有些街道好像常年都在开膛破腹地整修，左边儿挖的沟还没填平，右边儿的沟已经开掘，汽车、自行车、行人混挤在一起，晴天尘土扑面，雨天泥水遍地。于是跟人一起骂街，骂挖沟的人缺乏计划，骂别人不懂得谦让，骂自己不该走这条街，骂汽车司机仗车欺人溅了自己一身泥水。骂归骂，骂也有着或亲或爱的因素。街道修整完了，路面平了宽了，人的心气儿也顺了。苦了心智也甜了心智，劳了筋骨也养了筋骨。照样儿兴高采烈如鱼得水似地满城畅游，照样儿眉飞色舞有鼻子有眼儿地描述城市的新变化和好风景。

　　我上班的地方与新华集贸市场毗邻，给人的印象，长年累月街面上总是乱乱糟糟，此起彼伏的嘈杂声喧嚣不止，提着大包小包的商客摩肩接踵，三轮车成群结队地占据着道路，过街行人如过江之鲫。每天我都像冲破封锁线一样，穿越那截令人头痛的街道。没曾想，这竟然使我一个乡下的亲戚惊羡不已。他说你多好呀！门口守着这么一个大集市，多便当啊！哪像我们村子里五天才赶上一次集哩。前不久有老乡来省城办事，看见满街筒子都有买东西的，人山人海的甚是热闹。于是回到村里逢人便说，轻易不去一趟城里，去一次就赶上一次逢集，你说巧不巧？我说我怎么没感觉呀！老乡说你那是身在福中不知福喽。此时此刻许多和我一样的省城人，在那些乡亲们的眼里，早已是锦衣美食。却正在高楼大厦的缝隙里矫情地不知该向往什么，甚至叶公好龙地做起回归自然、崇尚原始的男耕女织的田园梦呢。梦归梦，梦醒了还逃离不了，也不想离开这座城市。

　　那么唯一可做的就是依赖和构想这座城市。当然平常免不了的，也动不动喜欢拿所在城市的人和事自嘲一番，但这并不意味着我不喜欢自己的城市，就像亲人间褒贬是不容外人插嘴的，出了这座城市，谁要是有意诋毁，我立马调转枪口对外，会打一场城市自卫战的。因为它给了我太多的感受和历练，给了我太难忘怀的依恋和抚慰。徜徉在自己的城市里，有一种在任何地方都无法找到的踏实感和归宿感。沐浴在高天厚土间纷纷扬扬的恩泽里，我被无边无际的温情和爱意包容着，被丝丝缕缕的阳光雨露滋养着……天长日久，人与城市耳鬓厮磨，人与城市生息繁衍，一种相伴相生的情愫就渐渐渗至骨髓，人的品格和城市的灵性就点点滴滴融合在一起，使人和城市血脉、气韵、灵肉相通。

在这座城市里，我随时能够找到我自己。我认识这座城市，首先不是从它优美的街道、公园、楼群和河流，而是从大石桥、烈士陵园、解放纪念碑开始。这里面蕴藏了先人给予这座城市特有的禀赋、血性和气质，更有后来者注入的心血、汗水、智慧和赤诚。别样的豪爽刚烈啊，别样的敦厚淳朴，别样的勤勉坚韧，使我辈后者得天独厚承袭了燕赵壮士慷慨悲歌的浩然正气和威武不屈的太行基因。大石桥不朽的脊骨背负着沉重历史，解放纪念碑挺直着时代的挺拔的雄姿，西柏坡上红色的旗帜高扬着新中国激昂的旋律，烈士陵园居住着一群与这座城市永生的人。

大约二十多年前，我写过一组关于石家庄的诗《年轻的城市》，作品发表后，诗人刘章先生还写信鼓励我。我知道了还有无数像刘先生那样比我更加深爱着石家庄的人们。有人片面认为石家庄没有其他古城可供人千挖万掘的历史积淀，存在先天的不足。而我说石家庄的优势恰恰是因为年轻，具有后天的不尽变数。这是一座可以活色生香、青春四射、魅力无边的城市，这是一座天地人和谐共存令我厮守一生的城市，这是一座给我温馨家园和美好期许的城市。

快乐清晨

在省城的西清公园，晨练的人们比太阳起得早，他们是我们这座城市的第一缕朝霞。

朝霞首先从每个人的心头升起。在一个崭新时代的地平线上，他们以燃烧的生命焚毁生活中所有的忧愁和烦恼，整个身心放射出快乐的光芒。

这是一群播种快乐和收获快乐的人。你能一眼看出，浮现在他们脸上的舒心笑容。随便瞅瞅停放于公园两侧的大片自行车，就不难确认这里纯粹是一处大众欢聚的活动场所。公园的南边，环绕着美丽雕塑群的是圆形的大舞池，随着音乐的节拍，人们翩翩起舞，舞池中旋转出优美的立体旋律，荡漾着起起伏伏的欢乐浪潮。公园的北边，傍依着喷泉的是老年人做健身操和太极剑的地方，这些安度晚年的老人动作相对简约了许多，但是简约往往意味着实用和大方，看似随心所欲的一招一式，柔和了多少峥嵘岁月与人生体验啊！公园的西边，与绿树红花辉映的是学跳民族舞的人群，曼妙变幻的舞姿，仿佛带我走进了新疆吐鲁番的葡萄园和内蒙古辽阔的大草原……

如果站在高处俯瞰就会发现，眼下的公园一如大小十几个板块拼作的活动图案，晨练的人群由着自己的兴趣不停地流动，打羽毛球的，练摔跤的，练武术的，跳舞的，唱戏的，唱歌的……每个人都参与其中，快乐是没有观众的。

我来到京剧票友的园地，听一位年逾古稀的老人将传统京剧

《甘露寺》里乔玄的一段西皮原板唱得荡气回肠；又听一位举止优雅的中年女士将《苏三起解》里苏三的一段西皮流水唱得婉转凄美。我禁不住随着众人痛快淋漓地喊了一声：好！

"妈妈 教我一首歌，没有共产党就没有新中国……""掌声响起来，我心更澎湃……"有歌声引路，我在公园的中心找到东西相对的两处歌台，人群的前面悬挂着大字抄写的歌词或曲谱，有老师指挥和教唱。我问身边的一位大妈：在这里学歌儿收费吗？大妈乐呵呵地说："现在日子好了，吃穿不愁，温饱无忧，教歌的唱歌的都是图个乐呵，不要钱的，放开嗓子唱吧！"我仔细看了一遍歌目，上面较传统的歌曲占了多数，有《党啊，亲爱的妈妈》、《长征组歌》、《我的祖国》、《小白杨》、《长大后我就成了你》等等。听这里唱歌的人讲，一些所谓的流行歌既难学又难听，唱起来不带劲儿！说话间歌声骤然响起，我不由地汇入了这个真正自发的群众大合唱："想家的时候很甜蜜，家乡月就抚摸我的头。想家的时候很美好，家乡柳就拉着我的手……"环顾左右，有老有少有男有女，大家好像都沉浸在对家的深深思念里。是啊，家里有父母妻儿，有兄弟姐妹，有无忧的童年，有温馨的记忆，也有一个国家浓缩的影子。

约翰逊在《快乐的期待》中说："最明亮的快乐火焰大概都是由意外的火花点燃的。"我不知道当初来公园晨练的人们是否也和我一样，意外地发现了快乐的火花儿。但是我想，快乐是要以必要的物质保障和精神自由作为底蕴的，自己能否燃烧起快乐的火焰应该属于意料当中的事情了。

在平常的情形下，快乐与权力无关，快乐是一种义务，是人类一生必备的表情；快乐与富贵无关，快乐是一种智慧，是人生旅途上开心的伴侣；快乐与贫贱无关，快乐是一种心境，是一生光顾的海市蜃楼……可是，我无法否认快乐与幸福之间的密切关系，起码，快乐是幸福的一种诠释，是那种由内心洋溢出来的生活状态。生活不等同于活着，享受不等同于奢侈。被快乐选择不一定幸福，而被幸福选择则一定快乐。

幻化的影像

想买一处房子作为一个家的时候，总留意迎面耸立的那些高高的售房广告。有一天我在微凉的秋风里望见张爱玲，她的半身玉照被开发商印在一个热销小区的背景上，不是宽袍大袖、云朵盘头的那种，不是青灰长裙、淡黄玳瑁眼镜的那种，是那种穿着明晃晃绸底儿紧身小袄儿很婀娜的张爱玲。这是她在二十世纪四十年代的香港极具代表性的一张照片了。她的右手叉着腰儿，左手随意地背在身后，一副孤傲、从容、凛冽的、盛气凌人的表情。

张爱玲真的与一座城市与一个家庭有关吗？这或许会令人想到她的《倾城之恋》，想到她的《金锁记》，想她的《十八春》和《传奇》，开发商的寓意不得而知。在我的眼里，张爱玲只是活在不断幻化梦境中的人，尘世有多么繁华热闹，人生有多少哀凉荒漠，她都被动的经历过也主动地演绎过。她眩人的服饰，她放恣的才气，她跋扈的自恋，她冷漠的高贵……尽管旧时贵族的腐朽气息仍隐约其间，但在岁月中瞬间定格的惊怯、镇静、悲凉的眼神以及寡淡、轻蔑的笑容，还有被窘迫或孤寂蛀空了的"一袭生命华丽的衣袍"统统被镜头保存下来，她毕竟蕴藏着神秘的独特气质，毫无疑问，她被幻象了的优雅的生活方式已成为小资的代名词。

张爱玲是有着显赫家世的，只是到她这一代华彩已经谢幕。她在童年时，父母离婚；她逃出父亲的家去母亲那里，母亲不久却去了英国；她考上了伦敦大学，却因为太平洋战争，只得去香港读大学；要毕业了香港沦陷，还得回到上海来；最后又远走他乡。她与大她16岁的胡兰成恋爱，与大她20多岁美国人赖雅结婚，承受了背叛、病痛和苦难，还要挣钱养活男人。一生都在流离颠簸中寻觅爱的归属，她安放灵魂和希冀的家在哪里呢？

其实，张爱玲的家就在她的小说、散文以及她的绘画里，那种古典的雅致的情调一直弥漫到每一个角落，同时又有一种热带的躁动不安的新鲜潮汐。正如胡兰成所说，她的心喜悦而烦恼，仿佛是一只鸽子时时想冲破美丽的山川，飞到无际的天空，那辽远的、辽远的去处，或者坠落到海水的极深去处，而在那里诉说她的秘密。她所寻觅的是，在世界上有一点顶红顶红的红色，或是一点顶黑顶黑的黑色，作为她的皈依。

张爱玲的性格又是一个矛盾体。她是一个善于将艺术生活化又将生活艺术化的享乐主义者，是一个生活中充满悲剧性的人物。她在书页中如此地通达人情世故，但实际生活中她自己我行我素。她可以在字里行间与读者聊天，但始终隔着一定距离。难怪即使丈夫和她相处，总觉得她就是贵族。其实她清苦到自己上街买小菜，然而站在她跟前，就是最豪华的人也会感受威胁，看出自己的寒碜来。她不允许外人窥测她的内心。她在美国深居简出，过着与世隔绝的生活，在岁月的魔爪下美丽地挣扎，直到1995年的中秋，75岁的张爱玲在洛杉矶寓所里孤独死去。正如有人说的："只有张爱玲才可以同时承受灿烂夺目的喧闹与极度的孤寂。"

说到底张爱玲的魅力应该是她的文字，而她本身透出来的不可逼视的高贵气质却更加勾起了某些猎奇的欲望，使人对她的整个世界产生兴趣。今天看来，张爱玲在一定程度上呈现过一个消失在旧都市尘埃中的繁华影像。我只是想，如果太多的把她像海报似的四处张贴在消费文化展板上，或许临水照花的张爱玲真会在浮躁庸俗的气象里绽开诱惑的罂粟花……

和平的阳光

——写在"世界和平日"

"请不要挡住我的阳光!"这是两千多年前古希腊哲学家第欧根尼对亚历山大大帝说的一句话。

当时亚历山大刚刚率领十万铁骑征服了整个欧亚大陆,他认为他无所不能,只需第欧根尼张口讨要,他可以给予这个贫困潦倒的哲学家任何恩赐。自叹弗如的统治者当然不会想到,或许恰恰是他的战争云翳,遮挡了哲学家心目中财富般的和平阳光。

历史对于和平的诠释总是与战争相伴相随的。于是世界名著里有了一部厚重的《战争与和平》,托尔斯泰在书中说:"什么东西促使这些人烧房子、杀同类呢?这些事件的原因是什么呢?什么力量迫使人们这样做呢?当人类碰到那一时期的遗迹和传说的时候,自然而然地会向自己提出这些最直率、最合理的问题。"

那么为了解答这些问题,人们是否就要像这位伟大作家所说的,理所当然地求助于历史学,因为历史学就是人类自我认识的科学。我觉得这是完全必要的,自古以来,战争不仅是侵略手段,也作为反侵略、维护正义与和平的相应对策,可谓既有"战争之矛"便有"和平之盾"。

难免有历史家喟然长叹,纵观人类历史俨然一部战争史。据说还有人做过不完全统计,说全世界发生过14600多次战争,战亡大约36亿多人,毁坏和消耗的财富折合成10米宽厚的黄金,要绕地球

100多圈儿云云。当然，这是一笔无法清算的账目，但肆虐杀戮的危害和损失恐怕是无法估量的。

多少年来，站在和平对面的战争，残酷而冷峻，以铁和血的面容回应着人们对和平的热望。我去过侵华日军南京大屠杀遇难同胞纪念馆，深为侵略者灭绝人性的暴行以及遇难同胞最后凝固的肢体语言所震惊。心理阴暗的侵略者矢口否认，但中国人足可凭自己身心的感应与警觉，真切解读一个民族永远的创伤和隐痛。

一再令人遗憾的是，当冷战结束"和平与发展"成为世界的主题，地球上大小战事依旧频繁不断，不时有危及人类和平的事件接踵而来。譬如"9·11恐怖袭击事件"，从伊拉克战争到不断升级的巴以冲突，犹如阳光遭遇了梅雨季节，和平已成为某些国家和地区的生活奢侈品。

那里的人民渴望和平，也不失时机地享受和平。战争的云隙里，到处晾晒着自由、快乐、琐碎甚至有些慵懒的和平景象。

其实人类一直在呼唤和平，保卫和平，历史的宏大叙事中总是芬芳着温暖的细节。我的一个朋友跟我讲，他看过一部国外的电影叫《和平阳光的年代》，是反法西斯战争的影片，其中有一个镜头是这样的：在波兰的一个小镇，寒冷的夜里，女人手持一盏蜡烛，引领着她的异国情人，来到一座被炮火摧毁的阁楼上，他们在犹如鱼骨的破损楼板上相拥而卧，此刻太阳在地球的另一面，人性的花朵却被心头的阳光照耀着绽放了，这废墟上的花朵开得如此脆弱，如此顽强，如此凄美。此情此景要引来多少人对甜蜜爱情、宝贵生命以及幸福生活的唏嘘和惋惜啊！

我想这或许正是影片所要告诉人们的一句隐语吧：和平，人类的阳光。

我知道了，当洁白的鸽子衔来一束橄榄枝，嘹亮的鸽哨在蔚蓝的天空上盘旋，飞翔的轨迹与太阳的光环画出两个同心圆的时候，那是人类放飞的和平希冀。我知道了，当世界和平日到来，让所有的炮口和枪口都插满艳丽的鲜花，请乘坐我的列车踏上周游环球的和平之旅。我知道了，当战争的阴霾再次来临时，世界人民和平的力量，足以穿云破雾，以阳光的锋芒。

荒芜的小院儿

南方的一位朋友说,他家的小院里养着蝴蝶儿,当然还有蜻蜓、蜜蜂、蚂蚁什么的,很有亲近自然的意思。

而我想说,我家的小院里不但养有以上活物儿,还长满了不少的野花野菜,我好像离自然生态又近了一层,这是我一直自鸣得意的一件事儿。

我的自鸣得意不仅仅是比朋友的小院里多了什么,而是得来全不费工夫,只是崇尚自然随其自然的结果。

那一年,我搬进了这个家,一套底层靠楼头的居室,地面潮湿、冬冷夏热、下水道经常堵塞等等,住一楼所有的缺陷都显现出来,唯有一点是叫人惬意的,不是指免了爬楼梯之累,而是指从此拥有了一个小院儿。当时我推开通向小院儿的那扇门,眼前豁然一亮,正值春寒料峭,院子空旷,我来来回回步量着这块大约六十平方米的土地,突然有一点恍若隔世之感。人在城里待久了,就难得"脚踏实地"了。随着城市建设的不断路面硬化,城里靠人侍弄的绿茸茸的草坪是不容践踏的,要想脚掌接触真正意义上的泥土地就愈发显得奢侈了。

我珍惜小院的土地,特意到近郊集市买了铁锹、锄头、瓜铲等家什儿,拢起七个菜畦,想把小院儿收拾得果蔬遍地。第一年种的豆角长势也好,一片碧绿随风荡漾,我站在其间一边擦汗一边憧憬着丰收。谁知待到豆秧抽蔓儿时,招来了大量的蚜虫,这种俗称腻虫的小东西分泌一种油腻腻的液体,很快将豆秧腻枯萎了,有人告诉我,赶快打农药，妻子说打不得，那农药喷杀起来，岂不污染了居住环境？还开不开门窗呀！犹豫中眼睁着一番劳作付之东流了。第二年痴心不改，种了几样蔬菜又被虫子害了，彻底死了心，最后干脆撂荒了。

小院儿趋向荒芜，但并未荒废。我可以容忍各色野花野菜自由生长，唯独不许任何野草肆虐，因为在这方田地里，这些野草已不是《小草》歌中的弱者形象，它们张牙舞爪尽使拳脚争水争肥争阳光，充斥着一种霸气。让我联想起臧克家的一句诗来，套用在这类野草的身上，就是：有的草，自己活着，不让别的活着。所以我理所当然地做了警察，充当了除暴安良的角色。

在我的呵护下，各种野花野菜陆续冒了出来，有野菊花、苦菜花以及许多叫不出名字的花儿；还有猪秧草、婆婆芽、茴茴菜、马芯菜、大叶菜、胭脂饴等久未谋面的野菜，一下子拥到了跟前，我像见了孩提时的老朋友一样兴奋，情不自禁喊着一个个熟悉的乳名。这些野菜大多有抗虫害病害的能力，用不着小心侍奉，长得蓬勃旺盛。我不时将一些可以供人食用的野菜采撷下来，或自用或送人，很受青睐。一次我盛了一塑料袋儿大叶菜送到大哥家，大嫂还当宝贝似的，放进冰箱里保存着，金贵的舍不得吃呢！是啊，被各种污染威胁的人们，想吃上不施化肥不打农药不用激素无任何污染的"绿色蔬菜"，想成了一个梦。

真好！我荒芜的小院里生长着一个蓬勃的梦……

谁在敲门

　　记得早些时候读过一篇获奖的小小说，通篇只有一段话。大概的意思是说，地球上最后一个人将自己关在屋里，静候世界的末日，突然听到了敲门声……这是谁在敲门呢？

　　由此我们可以充分舒展想象力了。那位敲门人或许是天使，或许是魔鬼，或许就是幻觉……人在濒临绝望时，会企盼着有人敲门，那甚至意味着被拯救的一种希望；相反，人在得意忘形时，往往会忽略谁在敲门，恰恰说不定正是灾难的一次造访。其实，不论是福是祸是喜是忧，该找上门来的总是要找上门的，就像彼此预先约定好了似的。

　　前些年，非典、禽流感的手掌已先后拍打过我们的家门了。它逼着我们去想，我们的生产、生活方式在那些方面冒犯触怒了自然环境，从而导致了这一灾难？滥采滥伐天然资源，滥捕滥杀野生动物，随意排泄、倾倒污水污物，过度使用农药激素……人类无情地破坏了自然界的生态平衡。事实上，最严重的问题是并非生态环境恶化到什么程度，而是我们人类对自然环境的恶化失去了应有的知觉和愧疚，甚至责任。这使我想到了刘章先生，他是著名的诗人，同时又是大自然的卫士，他在自己的小家里养花种草，也爱护大家园的一草一木。每天散步的时候，他要捡拾别人随手丢弃的果皮纸屑，还要不失时机地向人宣讲环保的益处。有一次，大病初愈的他看见民心河边的草地上扔着三条死狗，便三番五次地找有关部门，最后人家说：好吧，看你名人的面子，我们把死狗给你弄走，你总该满意了吧！

　　我一直想不明白，为啥说是给刘章弄走的呀！难道刘章先生仅仅是为了自己吗？长久以来，我们往往更多追求的是如何使经济超常规地快速发展，话里话外都在一味地宣扬人们应如何如何消费，如何如何享受生活。太少反馈和传播自然环境的声音，我们正以脆弱的生态系统承受着历史上最多人口和最大的发展压力。许多我们察觉或尚未察觉的灾难威胁着我们，譬如：土壤水源污染，雪线上升，气候变暖，水土流失，物种锐减，土地荒漠化，沙尘暴等等，如此漠视和虐待自然环境的结果，必然导致人类生存被自然环境所漠视所虐待，这是人类自身导演的悲剧。

　　白云蓝天是和谐之美，高山流水是和谐之韵，大地生灵是和谐之魂。人类属于自然环境，而自然环境不仅仅属于人类。世界上的亿万物种是相互关联的，就像一条河流的血液维系一片大地的生息。人类只不过是生命网络中的一条线或一个结，人类的任何行为就将影响到整个生态世界。我听到一个来自加拿大的故事，一个人驾车行驶在一条蜿蜒的山间路上，突然发现前方一只凤头山鸡正带领着几只小鸡雏儿过公路，汽车紧急停下来等待，看着这只小小的队伍从面前安全通过，可母性十足的山鸡妈妈并不领情，只身冲上路中央，羽毛倒立，怒发冲冠，摆出一副与汽车拼死决斗的架势。司机只好下车，向山鸡妈妈鞠躬道歉：对不起，惊扰您了！这故事就像天方夜谭似的，让人难以置信。我的一位有车的朋友说，这母山鸡不是找死吗？正愁抓不着它呢，小鸡炖蘑菇好吃。谁会想到谁又能做到呢，将如何处置一只山鸡的认识提升到一个敬畏生命的高度？

　　这时，我又想起那篇小小说留下的悬念，到底是谁在敲门呢？但愿是一群山鸡，相信只要有山鸡还生存，人类就一定不会灭绝。

故居的燕子

那年秋天，我回了一趟老家。站在院子里仅是匆匆一瞥，已足以感觉到风雨飘摇中的故居愈加颓败了。

这里显然久违了那种屋檐下缭绕的烟火气息，房屋多年无人居住了，地上铺满枯黄的杂草和落叶。北屋四间正房的门和窗都被砖块儿垒堵了，唯有门框上方两扇小小的晾窗敞开着。帮我照管老宅的本家老哥说，那是为燕子留的门儿。

哦，自来自去堂上燕，相亲相近家中人。我一下子仿佛重回到了过去的时光。从我记事起，故居的房梁上就有燕子筑巢了。1963年老家发了洪水，原来的房屋坍塌了。在政府的帮助下，父母在老宅基上又盖起了新居。望着四砖到顶、窗户敞亮的房子，裹着小脚的奶奶挪动着碎步房前屋后地唏嘘不已。随即也新添了忧虑，她是担心那双飞去的燕子能否找到这个新家。或许是燕子的灵性使然，次年春天就有一双新燕登门了，依照惯例，"燕子飞来窥画栋"，燕子入住时总要先进屋察看一番的，会绕着房梁扇动翅膀，我猜想这大概有两种意图：一是为打扫梁上的尘土；二是为试探主人容纳的态度。待到双方满意后，紧接着便是衔新泥筑新窝了。有古人吟："似曾相识燕归来"，因此奶奶也说怎么是新燕呢？这就是原来的那一对儿燕子嘛！你们认不出来我可认得出来。奶奶说得有鼻子有眼儿有根有据的，我们只得感叹奶奶对燕子的关爱为何如此细微了。

我知道，在故乡一个村子有几百个门院儿，并非每家每户都有幸被燕子光临的。有些世俗的迷信的说法儿流传下来，谁家有燕子入住，谁家风水就好，家道就兴旺。我想白居易"几处早莺争暖树，谁家新燕啄春泥"所描述的，大概就是这般家燕归来欣欣向荣的情景吧！今天看来，这无疑为燕子带来了长久的幸运，以致始终没有沦落到麻雀所经历的多舛的命运。

实际上，燕子受到的礼遇与人的意识有关。我们通称的燕子其实就是家燕，背部羽毛黑亮，腹部毛色洁白，颈部有深紫色圆斑，我不清楚这是否就是有人也称其为紫燕的由头呢？燕子比麻雀受宠，不仅仅因为它有闪着亮光的羽毛，而不像麻雀那样毛色蓬乱灰不溜秋；还因为它只捕食蚊子等昆虫，而不像麻雀那样成群结伙糟蹋粮食；还因为它雍容华贵仪态大方呢喃含情，你看它身着燕尾服不毛不躁迈步稳健透着绅士风度。哪像麻雀呀！走路并腿又蹦又跳说话叽叽喳喳嬉笑打闹抖翅膀翘尾巴缺乏修养。燕子的高贵更在于它自食其力筑巢于栋梁之上，决不学麻雀耍滑偷懒随便在屋檐下找个空隙就安家落户了，所以燕子的幼雏很少像麻雀的那样遭遇蛇或鼠类的侵害。至于说燕子属候鸟，有贪图安逸逃避艰苦之嫌，显然这是一种误解。燕子只捕捉昆虫类，且不吃落地之食。想北方隆冬时节天空中再没了飞虫的踪影，燕子只好舍近求远不惜翻越千山万水地迁徙，想象它以柔弱的翅膀搏击在茫茫征途，不禁也会涌动几分悲壮，只不过它们不会像大雁那样喜欢在空中隆重列阵善于招摇罢了。

我对燕子与麻雀的褒贬是受奶奶的影响。奶奶活了90岁，一生善待燕子。我记得燕子孵出了小燕子，巢里便多了几个小家伙儿，除了伸着赤红的细长脖儿张开大大的小黄嘴儿向老燕讨要食物，就是蜷缩在一起睡觉。不知不觉小燕子的羽毛就逐渐丰满起来了，不安分地站在巢的边沿上扇动双翅，搅得屋里尘土飞扬，甚至屁股冲外拉屎，有一次还拉在我的身上。我一气之下掏了两只小燕儿出来，这可气急了老燕子，它们一改平日婉转的音色，极其暴躁地鸣叫着，不依不饶的样子。奶奶就更是着急，她说燕子在骂你呢，快把小燕子还回去！直到我把小燕子放回巢里，燕子才停止了叫骂。奶奶说，燕子气性大，即使逮住它也养不活，它只吃飞着的活虫儿，否则宁愿绝食饿死。奶奶又对我说，这半大小燕子正不懂事呢，很小的时候它们将屎拉在窝里是由老燕叼出去的。于是命我父亲找来一块木板儿钉在燕巢下面，以防小燕子旧习不改。尽管如此，我还是察觉到燕子的情绪好像有了些变化。它们变得压抑变得拘谨了，总是悄悄地飞进飞出，不声也不响的，或许有了寄人篱下之感吧。这一年秋天燕南飞时，老燕子领着小燕子在院子里翻飞旋转，奶奶说，燕子在向咱们道别呢！她又对燕子说，明年还来俺家住吧，千万别跟小孩儿记气啊！果真第二年春天，我家的燕子又归来了。

　　多少年了，我心如燕梦里飞。今朝归来，想问故居的燕子，还认识我吗？

思年杂屑

近日，耳边早有零零星星的鞭炮声不时地爆响，好似在提醒人们又一个新春佳节到了。我知道这些动静大多系盼年心切的孩童们所为，可大人们呢？似乎也有点儿沉不住气了，大街小巷视觉听觉里处处充盈着年的气象，电视画面里也多了车站、码头、机场人潮涌动人声鼎沸的情景。读着这些写在人们脸上企盼和渴望的神色，我的心头总有一种难以名状的感动：新岁归心切啊！中国的年呵，再也找不出哪个节日能有如此融血彻骨般深远的影响力了。

在过年的印象里，大概每个人都毫无例外地堆砌着童年的记忆。而我的童年是在乡村度过的，令人难以忘怀的不仅是民谣里说的"初一饺子初二菜，初三初四也不赖"和"穿新衣，戴新帽"之类的吃穿诱惑，还有过年时弥漫出的宽容甚至可以任意放纵的感觉，春节就好比中国的狂欢节。过年使每一个家庭充满了温馨，大人们喜气洋洋的样子，悠闲又忙碌。孩子们有了什么过失，一般不会再受到严厉的责打，即使再大的过错，大人们也只会说上一句：大过年的，先饶你一回。同样在家庭与家庭之间，一年中两户人家有了什么过节儿，要想化解只有等到过年的时机，届时两家大人们或互登门拜访或互派子女到对方家中串门儿拜年，相逢一拜便免了旧日的恩恩怨怨。用乡亲们的话说，过年就是一个节目。年的习俗也就是这个节目的全部内容了，或走亲戚或赶庙会或闹红火什么的，包括了物质的精神的。

记不清是哪位西方先哲说过："上帝创造了乡村，人类创造了城市"。不曾想这句话对我们这个东方文明古国同样适用,我们今天的城市也都是由最初的乡村长高长大的,年的根须依旧深扎在乡村的土壤里。相比之下,我到城市后对过年的意识远没有乡村那样浓重了。为什么呢?大约在60年前,朱自清先生就有了同样的感叹。他的意思是说,这年头人们行乐的机会越来越多,不在乎等到逢年过节;所以年情年景一回回淡下来,像以前那样狂热地受用着的事情,怕只在老年人的回忆与小孩子的想象中存在着罢了。大都市里特别是这样的……

然而,年在每个人生命中都会赏赐些许特殊的境遇和感悟。当我到了长辈不再给压岁钱的年龄时,也有了我第一次离开家在异乡过年的经历。即便是除夕之夜想着法儿逗着乐呵,或是喝得酩酊大醉,也难为李白的诗中所云:"但使主人能醉客,不知何处是他乡"。夜深人静处独望窗外一弯新月如钩,免不了思念家中的父母姐妹,继而翻看收到的家信,可谓:"江水三千里,家书十五行。行行无别语,只道早还乡。"尤其撩拨人的心弦。

只是近年,人至中年,感觉年与年的距离好像近了。关于过年所思所想,我连续写过几首抒发情怀的诗,分发在几家报刊上。诗里诗外我多少次自问自答,年是什么?我首先不喜欢将年称作一种怪兽的传说,把人们贴春联、燃爆竹、敲锣鼓、闹红火等喜庆活动,说成只是为了驱逐这种叫年的怪兽。这样,人们就失去了企盼过年的初衷,年就一下子变得面目狰狞起来,过年也就败了心情和味道。好在年的内涵外延紧随了人们的愿望,又添加许多增岁增喜、祝福吉祥的分量。那么年到底是什么?是纸窗花?是红灯笼?是枣花糕?我想年更应该是亲情的聚合,你看哪一条回家的道路不有着清晰的脉络!我想年应该是心灵的诉说,你看哪一条归海的河流不荡着欢乐的浪波!但我更喜欢把年说成是一个大大的中国结,那些丝丝缕缕相连盘绕而成的结,蕴涵了多少代多少人心绪交织的复杂情结啊!其实呀,年就是一枚饺子皮儿包着的春果儿,吃进肚里更是一粒年年发芽的种子。

春节的根须

我总觉得春节是一种生长于内心的植物，一年一度的春收春种，收种并举。春节的根须深入人心，乃至骨髓，枝叶意象葱茏，摇曳着亲情和心愿。当人们在大年初一吃了过年的饺子，这枚春节刚刚收获的果实又瞬间成了春天播下的种子，在人的心里重新开始生根、发芽，孕育来年的甜蜜春果。春节的植物就这样年年丰茂重生，在轮回中重复着日子，使重复的日子积淀成厚重的岁月，而岁月的留痕是清晰可辨的年轮，每一圈儿年轮都叠加峥嵘的记忆。

我想，春节的根须应该是血肉的根须吧，那一定与血脉紧密相连，每个人追溯这条血脉根须，就可以找到自己生命的源头。所以说春节的内容里，除了扫尘、贴春联、守岁、吃年糕等，更少不了祭祖的仪式。在我华北平原的故乡，大年初一的清早，一家人穿戴好过年的新衣新帽，带上备好的祭品，首先要到村外去祭拜祖坟，然后才是走亲访友互致问候。早些年人们生活贫困时，祭品只是馒头、饺子等几样单调的家常食物，随着生活逐渐富裕，祭品也丰富多彩起来：面包、火腿、巧克力、咖啡、干鲜水果、美酒佳肴，应有尽有，尽现现代时尚之新风，也不乏钟鸣鼎食之古意。祭拜燃起的爆竹声是想告慰逝去的先人，时逢盛世，家国安泰，人财兴旺。旨在慎终追远、寄望家族源远流长。祭拜的现场氛围无疑是肃穆、庄重、恭敬、赤诚的，说到这里总联想起一个难忘的场景：我曾在大年初一值班时，见到一位同事接听手机里传来老家过年祭拜的爆竹声，百感交集，我简直无法形容，那真是令人动容的游子表情啊！

我一直很欣慰我是一个有故乡情结的游子，故乡以及故乡的亲人给予我恒温的幸福和感动。我是一棵在城里会走动的树，根须却扎在故乡的泥土中。记得20世纪80年代我到新建的深圳特区出差，走在亮丽的街道上，高楼林立，景象繁荣。人头攒动中，映入眼帘的全是年轻的面庞，几乎看不到老人的身影。又听说一到春节，深圳就好像成了一座空城，这座移民城市里的人们都各自寻根而去。我当时有感而发，写下了一篇散文，感叹深圳无愧是一座青春的城市，也是一座无根的城市。时光悠悠，20多年过去，如今的深圳还是一个无根的城市吗？想必当年的创业者以及他们的后代已经扎下自己的根系了吧！我想深圳也会渐渐成为新一代人的故乡了。

腊月是一个感情的触点，要春节了，我会坐卧不安，情不自禁地想家，思念就成了延伸的根须。"我是谁？从哪里来？到哪里去？"也再次作为哲学命题被大脑检索出来，令我每每思索人生与命运的深层意义。随之而来的故乡啊，村落啊，家庭啊，亲人啊依次浮现在面前。此刻，我庆幸我至今仍是春运迁徙流动中的一分子，在路途颠簸中尽享期待的团聚和慰藉。因为我有故乡，因为故乡有母亲，有亲姊妹。所以总难免身边有人要对我羡慕几分呢！在远离故乡的城市里工作、生活，却有一方热土与满怀亲情叫人深深牵挂。我就像一只被故乡放飞的风筝，只要线的一端系着故土和亲人，就是我的根系所在，我就会在空中飞舞得更高些更惬意些。临近过年，我能听见故乡的呼唤与母亲的心语。故乡说该是风筝收线的时候了，我到那时会对着故乡的老榆树说，我过年回来啦！母亲念叨该是小鸟归巢的钟点了，赶在年前我会推开家门对母亲说，我回家来过年了。年迈的母亲总是日夜守望着她的粗布包袱，里面包裹着她的细软及儿女穿过的旧衣裳。她说她自己就是一个包袱皮啊，只要活着就能把天南海北的儿女聚在一起。

在全家团聚过年的时候，烛光里的母亲常微笑着对我们说，总有一天，你们也要当上爷爷、奶奶、姥爷、姥姥，你们的后代也要奔着你们去的。就是他们有谁到了国外，也是想要回家过年啊。

由此我想：春节是我们中华民族的传统佳节，她的根须不正是世代炎黄子孙生生不息的血脉吗！

新年遐想

当迎接新年的第一朵雪花儿凌空绽放的时候,红装素裹的祈望就孕育在人们惊喜的眼神里了。每一个人心里都不免遐想,冬天的雪花儿凋谢之后,又要结出怎样饱满的果实呢?

每逢这个时候,总和往年一样,我会静静翻过并细细端详书桌上最后一页日历,有些许的留恋甚至略有几分伤感,心中默默喟叹"又到一年岁暮时"。但紧接着又会换上崭新的日历,随即万分感慨"又是一年岁初始",心中骤然腾起了新的祈望。

每逢这个时候,我们总喜欢说,新年新气象。其实,新中国的新气象首先是从新的纪年法呈现出来的。随着新中国的成立,中国人民政治协商会议第一届全体会议决议:"中华人民共和国纪年采用公元纪年法",由此新中国结束了历朝历代以帝王年号纪年的陈旧历史,开始了与世界接轨走向美好未来的新纪元。

从那一天起,在人们的普遍认知里,元旦便指公元纪年的岁首第一天。传统里的旧历年被称为春节,元旦一词则专用于新年了。我非常惊喜于聪慧的先人创造了元旦这样一个寓意丰裕而形象鲜活的词汇。仿佛那生动的意象是从遥远的历史深处悠然摇曳而来,告诉我"元"是开始或第一的意思,而"旦"早就赫然铸在了殷商时代青铜器上,成为古老祖国象形文字的一个范例,时刻呈现着一轮旭日从地平线上冉冉升起的辉煌景象。所以说元旦是蓬勃向上的图腾,是新的一年初始的希冀,是新的一日之晨的盛典,唯有元旦最先使人联想到东方破晓的第一缕璀璨的阳光。

我遐想的元旦应该是公元纪年的里程碑。有时我的思绪会在浩瀚时空中漫无边际的巡游或造访，试图追溯到人类的起源，叩问如果没有东方地平线上太阳恒久的启示，谁还会想到寻觅混沌世界清晰的面庞？或许就在无际的时间与空间困惑人类难以把握的那一刻，伟大的先贤们赋予了苍茫时空以精细的刻度。使我遥望星空时，不难怀想起公元前后的秦时明月，使我临水而立时，知道两千多年前的孔夫子曾在岸上曰"逝者如斯夫，不舍昼夜"。如今濯足急流，抽足再入，已非前水。我再也无法涉入同一条河流。在无限的时空里，我们虽然不是一岁一枯荣的草木，但愿有限生命的轨迹能够镀亮彼此闪光的年轮。

我遐想的元旦更应该是春天的前站。在这个拥冬蕴春的时节，因了元旦的到来，数九寒天里氤氲着丝丝缕缕的温情，是那种由人的内心向外散发的暖意。同事们见面含笑相互问候："新年好！新年好！"我急忙会给老家年迈的母亲打电话拜新年，说很是抱歉，新年要在单位值班不能回家了。母亲却在电话里不以为然地说，俺们不兴过阳历年，不回家就不回吧，忙公家的事吧。最后又不忘叮嘱一句：阴历年可一定要回家啊！母亲说的阴历年就是春节。在母亲的心目中，过春节那才是民间的盛事，真正叫过大年。元旦新年是公家人的节日，又要总结盘点过去的一年，又要规划设计新的一年，又要力争开门红的一年。

不管怎么说，元旦到了，春天还会远吗？只要站立在元旦的门槛上，就能够很容易望见春天的台阶了。我知道这热切的期盼是通过目光和思念辐射的，连接着脉络般交织的城乡道路，交汇在友情亲情欢聚的大小驿站。在每一个村口街口路口，以及门口窗口，该有多少踮起脚尖的痴情守望，该有多少喜泪交集的真情拥抱。啊！我看见新年正走在通往春天的路上，向春天的节日送去真挚的祝福：新春吉祥！新春快乐！

元旦是新年，我们有理由回顾与瞻望，面对去年与今年，但愿无悔与无愧，让精神的阳光永远朗照在我们的心头，什么金融风暴什么时艰磨难，统统是天空暂时或局部的阴霾，我们知道云中所有的积水和雪霰，落地之后都将成为丰硕的收成和迷人的年景。

　　在新年之际，我的遐想如随风铺展的阳光，次第呈现着生命的意象和心灵的风光。复苏的田园、葳蕤的憧憬，以及蛰伏于灵魂的思想，全都以喷薄而出的姿势发芽……

　　新年遐想，许多许多，抵达心想到或想不到的地方。

元宵飘香

在我的感知里，元宵是一个圆圆的句号，热闹的元宵节就是年节隆重的闭幕式。

正月十五吃元宵，据说我国宋代就流行了。元宵或曰汤圆，裹以芝麻、豆沙、玫瑰、果仁、枣泥等美味为馅儿，北方的元宵多是在白雪一样的糯米粉中滚成的，好似新春里滚落的一粒粒大蜜丸儿，可煮可炸可蒸，吃到嘴里软黏适口，除有圆满甜美缠绵之意外，落进肚里还如同吃进定心丸一般，预示着年已经过去了，你可以心满意足义无反顾踏踏实实地去奔波了。记得有一年，我是在火车上度过元宵节的，餐车上煮了大量的元宵，热气腾腾地端到大家的面前，工作人员和旅客欢聚在一起，嘴里吃着元宵，还互相道着拜个晚年了之类的祝福，车厢里气氛和谐温馨。忽有一位农民工手拿一搪瓷缸子，缸内装有家做的元宵，恳求帮助煮一煮。餐车长很爽快地答应了，我看见那位农民工吃得很是香甜，还掏出手机给家里打了电话，其中有句话非常有诗意，我猜一定是对新婚的爱妻或是热恋的情人说的，他说：我现在正吃你做的大蜜丸儿呢！

正月十五闹花灯，据说在西汉就有了雏形。汉明帝为了弘扬佛法，下令正月十五夜在宫中和寺院"燃灯表佛"。在唐代发展成为盛况空前的灯市，经朝历代灯火传承，春风夜放万花千树。元宵节除了不断丰富物质的美味，也逐渐诠释着精神文化的追求。与不赞成把年说成是一种怪兽的传说一样，我同样不喜欢传说元宵节的来历，是缘于有神鸟因迷路而降落人间，又被猎人误杀。天帝震怒，欲派遣天兵天将在正月十五日到人间放火，将人畜财产焚毁。幸亏天帝的女儿不忍百姓无辜受难，把这个消息传到人间。于是每户人家都张灯结彩、点响爆竹、燃放烟火，让天帝误以为人间都被烧焦了。好在种种来历传说纷纭之间，元宵灯会不失时机地演绎为一个浪漫的节日。在封建的传统社会中，也给未婚男女相识提供了不可多得的机遇。封建社会的年轻女子平时不允许出外自由活动，但灯节却是可以结伴游玩借机择佳偶的，是哪一出传统戏曲里，陈三和五娘就是在元宵节赏花灯相遇而一见钟情的？《春灯谜》中宇文彦和影娘也是在元宵节订下终身的吧！欧阳修的"月上柳梢头，人约黄昏后"；辛弃疾的"众里寻它千百度，蓦然回首，那人却在灯火阑珊处"。也都来源于元宵灯会的真情实感。谁能预测，元宵节赏花灯到底成全了多少古今美好姻缘啊！

或许当初谁也不曾想到，圆润的元宵竟成为一个节日的载体，让一种普通的物象永驻灵性的光芒，朗照数千年沧桑，至今温暖着华夏家园。前些年，我在山西省当兵，太原市的一条繁华街巷里，有一处常年开着的名叫"老鼠窟"的元宵老店，既售成品元宵，也可现煮现吃，最近旧地重游，店名未曾扩展，店内装饰陈旧，生意依然红火。当时心里直纳闷儿，又不是元宵节，卖哪门子元宵啊！再说为什么要取那样一个不雅的店名呢？过后细想，似乎也悟出点儿意味，大概人们认为就凭偷嘴老鼠的敏锐嗅觉，一定能寻觅到美味所在，应该相信老鼠是不会骗人吧。

如今食品超市里常年都摆着种类繁杂的风味元宵，随时都可以享用。但我总感觉时辰不到，和元宵节里的元宵是不能相提并论的。所以我读明代唐寅的《元宵》诗："有灯无月不娱人，有月无灯不算春。"只有在元宵节时才顿感寓意深远；所以我吃元宵，尤其吃那种饱含新春的蜜丸般的元宵，唯有在元宵节里才倍感味道悠长。

春运，朝着家的方向

谁也说不清"春运"这个令人眼热心动的字眼儿是何时冒出来的。应该说，自古以来，人在年节时想家是共性的。我一想家就想起袁凯的诗："江水三千里，家书十五行。行行无别语，只道早还乡。"不知道这首诗是否与年有关，但知道与家有关。知道过年了，家里的父母会说，不管是否衣锦还乡，即使是潦倒到家，或是窝囊到家，总之到家就好。说话间，耳畔响起的一首歌里正反复唱着："有钱没钱，回家过年……"。

我有时默默地想，春运，一定是说春天开始运动了，春运就是春天的运动吧。随手翻开一部《现代汉语词典》，首先看见"运动"一词与我心理预期的解释最为贴切：物体位置不断变化的现象。更一步的解释是：指宇宙间所发生的一切变化和过程，从简单的位置变动到复杂的人类思维，都是物质运动的表现。

我禁不住联想到铁路的产品叫位移。难道列车仅仅是一种为人提供位移的快速工具吗？人的位移单单是位置发生了移动吗？其实，人所承载所蕴涵所传导的思绪和情感，早已超越了单纯的时间与空间，在无限长短的距离之上，是亲情的期盼，是律动的脉络，是心灵的慰藉，是年轮的交点，是飘洒雪花的春天……

记得那年春运，我曾在北京开往重庆的临时列车上值乘。我分明看见春天的讯息最早是从汹涌激荡的人潮处传来，一波连着一波，翻腾着喜忧交集的春潮。每到一站，就会看到站台上人头攒动，汇聚着密密麻麻的旅客,聚焦着望眼欲穿的目光。与其形成反差的是,有限的车厢里已经明显超员了。望见许多旅客扶老携幼,背着大捆小包的行李,簇拥在车门处一脸焦急的神色,我的心头不免一阵沉重。于是我和我的同事们总是尽最大努力,疏导全体旅客安全乘车。多少次伴随着争先恐后,像打一场遭遇战。到列车徐徐开动时,我会看见在拥挤的车厢里,刚刚上车的旅客长嘘一口气,随即紧蹙的眉头舒展开来,抹一把满头汗水,喜上眉梢,因为他们庆幸如愿乘上了春运的列车。此时此刻,在人们的心目中,每一趟列车都是开往春天的列车……

我知道,候鸟迁徙的翅膀总是追逐着和煦的春风。这个时候,人如归鸟,在跋涉中的身心,虽然顶风冒雪,经历旅途劳顿,却始终洋溢着春天的表情,满怀着春天的情愫。

因为春运,列车是朝着年的方向,朝着家的方向。

我知道春运是一个非常时期,在列车两个多昼夜的行程里,我们都要不停地在车厢里巡视。车厢里挤满了人,在有些逼仄的过道上,我发现一位白发苍苍的老翁,他表情木讷地挤坐在地板上一动不动。周围的旅客说,这老爷子一整天了不吃不喝的,他是怕上厕所不方便啊!我俯下身问老人有多大年岁了?他说82岁了,我问他有家人陪伴吗?他说在北京打工的孙子突然走不了了,没有人送他,到重庆会有人接他。我问他为什么非要急着走呢,他只嘟囔着一句话:"回家过年……"

后来几小时,我觉得老人神志好像有些糊涂了。从那一刻起,我开始忧心忡忡起来,心想这么高龄的老人独自一人出门,不吃饭不喝水,又没有座位怎么能行呢?于是赶快找车长协商,车长同意把老人安排在一节带硬卧的车厢里,我们又给老人端来热菜热饭,路途中不时地问候照料。列车到达重庆站的时候,正是一个阳光明媚的正午,老人的儿子告诉我们,这两天他的心是怎样不得安逸,他是怀着怎样忐忑的心情来接站的,想着老人一路上肯定吃不消。他眼眶里噙着热泪,说了许多感激的话,告别时两手作揖对着我们由衷地说:"拜年了,给你们拜年了!"

春节是中国年，是一个春天的磁场，使匆忙的脚步，奔驰的车轮，高扬的手臂，翘首的目光，故乡的炊烟，隐约的呼唤，都找到心中的归途。

我想说，渴望到什么时候，春运的旅程能够轻松些呢！除了春节的行李，还可以随身携带足够的从容、舒适、体面和尊严……

雪后的雪

　　雪给人的美是那种无言的美。庄子曰："天地有大美而不言。"我想天地间的事物有大美不言，更有因不言而大美的寓意吧！

　　作为洁白无瑕的使者，雪应该是集天地之大美大圣的化身了。不要以为雪只是水的一次飞跃，蒸腾的水汽升上高空之后，遭受高处不胜寒的境遇，理性降落必然意味着感性升华，同时也意味着必然经历的灵魂拷问。剧作家关汉卿的《窦娥冤》里就下过感天动地的六月雪，落雪的意象神圣和肃然。谁都得承认，正是这场轰然飘落的大雪给人如此强烈的心灵震撼。

　　下雪天我独自仰面临雪，耳听落雪无声，眼见雪花飘飞，发现晶莹剔透的俏丽天使是展着翅膀降落的，仅仅一夜之间便悄悄占领了大地山岭。这时候雪的美不仅是降落中的婆娑舞姿了，更有落地后铺展开来的无限意境。试想，在时空的大漠里谁能有如此巨大的魄力令山川大地瞬间一色呢？置身在万里雪飘的银色世界里触景生情，随时随地随口吟一首咏雪的古诗，或爆发一场快乐的雪仗，或演绎一段纯洁的爱情，或构思一个美丽的童话……世俗的浮躁和污浊太需要一场大雪沉淀和净化了。这一刻我将灵魂融入雪中，犹如沐浴天籁花洒的恩泽，能不感佩雪所唯有的不可拒绝的独特魅力吗？

　　大雪普天而降。雪飘落在身上，素洁的雪花没有色彩，这便是大色彩；雪融化在唇边，纯净的雪水没有味道，这便是大味道。这一刻我隔壁上过几年私塾的老伯又在吟咏"瑞雪兆丰年"了吧！厚厚的雪被下，越冬的麦苗儿一定也在思量：返青的时节应该不远了吧！我更想感叹一声：好大的雪，大好的雪啊！其实我去过东北的林海雪原，那才叫下大雪呢，一场大雪后又是一场大雪。但我要告诉你，落在我故乡冀中平原上的大雪也同样不可小觑。你看吧，雪落之前，收割后的大地一马平川，多像一张等待分娩的产床，在静候天使的降临。往往我还在睡梦中，大雪已经覆盖了我满目的原野，覆盖了我记忆的村庄。这时天色总是黑得特别早，小村也总是睡得特别晚。大雪营造着有形无形的温情和安详，人们尽情享用着天降的闲暇和惬意，可以足不出户地依偎在火炉旁聊着家常话，火炉上水壶正冒着热气，电视镜头里又出现城市里雪后出行难的画面，安然呆在家里猫冬的乡亲触景生情，又会提起那句"为人不当差，当差不自在"的老话了吧！

其实，在乡村最难忘的是清晨雪霁之后那种无边无际的寂静。即使雪白的屋顶上偶有过早冒出的炊烟也是静静的。时间好像静止了一样，街道上没有人走动，连牛羊、鸡犬也懒在窝里悄无声息，整个村庄都在沉睡中。村边上的柴火垛，犹如一个个肥硕的白蘑菇，所有的沟沟坎坎也变得圆润和舒缓了，大地景物呈现出一种淑女般的静美。乡间的道路一时间也消失了轮廓，树木简洁成几笔速写，只好充当了路的栏杆。雪地上偶尔有一行脚印儿或两道车辙蜿蜒向前，伸延到大雪连天的远方，像一道谜语令人猜测和浮想联翩。

这里的雪地是完整的。不像城市里时刻都是车水马龙，甚至连视觉的空间也很难保留下完美的雪景，雪就在雪飞雪落之间被践踏得一塌糊涂，人与车的印迹是一片污浊和凌乱，想这难以消停的嘈杂市井能有多少耐性容忍落雪的纯粹呢？但愿并不妨碍人们的内心怀想：期望真情如雪，一旦身心投入便与大地同眠共梦，一旦被玷污了便玉体毁灭；追求人生如雪，寓万物均在雪中获得洗涤更新，谁能将自己融入满地雪水，再蒸腾为云，再纯纯净净结晶出来，谁便体悟和拥有了雪的高洁和品位。

我在一个少雪的季节，常想念雪后的一场雪。

珍藏的茶

  茶是新的好，酒是陈的好。由此说，世上可以珍藏的酒很多，可以珍藏的茶却很少。据我有限的所知恐怕就只有普洱茶了。

  那年春季我在鲁迅文学院学习，临结业时，来自云南人民出版社的宋家宏同学竟把老家的普洱茶空运到了北京，赠送全班50名同学每人一份儿。尤其感动的是打开典雅精致的包装盒，赫然在目印有"鲁院同学珍藏版"字样，还印着我等的姓名。感叹复感叹：送我有如此承载的留念，让我如何舍得饮用？！于是全班同学都不约而同在包装茶上签名留念。就这样留着吧，念着吧，好在这是一种可以珍藏的茶，好在这是一份值得珍藏的茶。

  其实，我是个极不讲究的人，喝茶绝对够不上品位，充其量只是养成不愿喝白水的习惯，只要开水泡上茶叶就成。印象中几年前我曾到过江西九江的浔阳楼，在当年宋江醉酒题反诗的地方看茶道表演，很庄重地品过一回茶，除了程序繁琐没有留下别的感受。自从用心听宋同学讲了一课茶文化，才觉得有所感悟。想想也是，大约从20世纪后半叶始，随着工作的快节奏，国人的生活也愈加粗鄙化了，甚至文化人饮茶也用大杯子灌水，只求解决生理需求，不在追求精神和情趣的审美，致使茶中所蕴藏的一些古文化含量亦荡然无存了。于是乎，我等在课堂上学着样儿用酒盅儿似的小茶杯品味儿，尝试着缩小口型，突然想到一个极形象的字眼儿：呷。呷一小口茶，让茶的汁液由舌尖儿舌面儿再到舌底儿舌根儿，慢慢浸润弥散开来，直到满口生香，感觉有些许禅意四溢。古人云：品茶一人得神，二人得趣，三人得味。鲁迅的兄弟周作人也说品茶："同二三人共饮，得半日之闲，可抵十年尘梦。"想起在鲁院同学几十个人聚在一起品茶，一盏香茗呷三口儿，咂摸一个"品"字。真可谓：舌面生津，舌底鸣泉，谈笑恣意，神色飞扬，妙思丛生……该得多少神韵、多少趣味，该抵多少年尘梦呀！

所以，品茶的人尘梦不醒，趣味不减，神韵不绝。茶文化构成中国历代精致生活的审美意象，与琴棋书画、松竹兰梅、青铜宝鉴、醇酒美玉等无不凝结着古老文化的血脉风骨。与相生相伴的酒文化比较，感觉蒸腾的烈酒里有干云的豪气，也有致命的狂妄和放纵。而饮茶给我的感觉却是身心萦绕的优雅，绝不会因饮茶滋事的。于是"红袖添香夜读书"自然能给人平添想象十足的雅致来。若改作红袖添酒呢，恐怕就隐约了几分混浊暧昧的意思。所以我执拗地想，若能在一把茶壶的乾坤里浸泡一勺闲情、两许浪漫、三味幽静、四缕优雅，或许就能饮得十全十美的人生茶味了吧！

中国的茶文化历久弥香，不是什么样的茶都可以珍藏的。普洱茶是时间的载体，其越陈越香的特性，"藏灵蕴秀，纳芬吐芳"，成为一种蕴藏记忆承载历史的文化饮品，素有茶的古董之说。我就听说鲁迅先生珍藏的贡品普洱茶变成了文物，曾经拍卖出惊人的高价。因此也知道了普洱茶是需要时光的发酵才可饮用的，饮下普洱茶就等于饮下了存有美好记忆的时光。然同学赠我的新茶是生茶，至少要存放两年以上才能饮用呢。等不及，我只好到茶市买来发酵的熟普洱茶先饮为快。其间令我心急心动的原因是，普洱茶被称为文人茶，且不论自己算不算文人，但我确有文人的毛病：晚上喜读书，不喝茶无神；喝了茶无眠。普洱茶醇厚、陈香、暖胃，饮后可以安然入睡，少了失眠之虞。

品茶思人，品人思茶。在似水流年里，珍藏的情永不变质，珍藏的茶永不贬值，实在难得。

舞蹈的语汇

我喜欢看舞蹈，不是说自己欣赏的品位有多么高雅，而是我有意去解读舞蹈的语汇。我觉得舞蹈不但是让人用眼看的，更是让人用心读的。舞蹈是一团火焰，你投入舞中就能燃烧自己；舞蹈是一条江河，你跃入舞中就能沸腾自己；舞蹈是一座山峰，你伫立舞中就能挺拔自己；舞蹈是一片晴天，你沉浸舞中就能溶解自己……看得舞蹈多了，自然就能读懂其中的语汇或语境，比如乡土、思念、记忆和祝福等等。因为舞蹈的表述是立体的，是活灵活现的形体语言，所以说舞蹈是人人可以体味到的一种大众艺术。

我记得第一次感觉舞蹈好看，是看苏联电影《列宁在1918》的时候。银幕上那四只活泼可爱的小天鹅跳着欢快的芭蕾舞，一下子就吸引了我好奇的目光。小天鹅，洁白的羽毛，轻盈的体态，优雅的舞姿，映入眼帘的是一组意象的蒙太奇：纯真、善良、美丽……带我进入童话般的遥远与梦幻之中。

当然，真正知道舞蹈有自己独特的语汇是在上高中的时候了。当时全国各地都在大唱特唱那几出样板戏，我们学校决定排练京剧《沙家浜》，我被分配了一个扮演新四军战士的角色，就是在芦苇荡里坚持抗日斗争的十八名伤病员之一。最华彩的段落是在指导员郭建光的带领下顶风冒雨且唱且舞的那段戏："要学那泰山顶上一青松，挺然屹立傲苍穹，八千里风暴吹不倒，九千个雷霆也难轰……俺十八个伤病员要成为十八棵青松。"我们专门从县专业剧团请了老师作指导,老师边教动作边讲戏,比如风如何先来了,雨又如何后来了,比如先战胜风雨再战胜伤病,是怎样通过肢体语言在舞台上才能表现出来。印象较深的是一个手臂向前摇摆的动作,因为不知其喻意,同学们总是做不到位。经老师一点拨,明白了这是一个表现在田地里行走的场景,是新四军战士为了不践踏老百姓的庄稼用手拨开稻子的动作。这使我知道了舞蹈的一举一动都是有出处有讲究的,都在内涵和外延着丰富无比的语汇和生动象形的文字。

于是我看电视中的歌舞晚会时,不会像有的人一遇上舞蹈节目,就赶紧趁机上一趟卫生间打电话或是干点别的什么,而是聚精会神地揣摩和感受舞者细腻的内心活动和充盈的生命张力,重要的是从中领悟舞蹈的优美和魂魄。不久前,我偶尔看到一个表现歌乐山革命英烈的舞蹈,先烈的坚贞不屈,先烈的卓绝斗争,先烈的视死如归,先烈的美好憧憬,都被舞蹈浓缩或放大,都被舞蹈诠释或引申。这是一群手脚上戴着镣铐跳舞的人,而难以囚禁的精神却是自由的。我仿佛听到了先烈们血液里流淌的声音,这分明是一面面红旗猎猎迎风的声音啊!

渐渐的,我对舞蹈有了自己的理解,包括民间的一些动作相对简单的舞蹈,譬如人们在街头扭的秧歌,受其感染,我有时也会情不自禁被席卷进去,身心投入后才发现秧歌应该是原生态的较早版本的乡土舞蹈了。踩着铿锵的锣鼓点儿,只顾扭个酣畅淋漓,舞蹈在重复中少了技巧的成分,恰恰饱和了生命原本的自然、健康、豁达和快乐。于是有人说,不想好好走路,你就跳舞吧!在这里扭秧歌是走路的升级版,可以断定这类最初的民间舞蹈是不会消亡的最终艺术。因为她草根类的,植根于故土沃野、世道人心和生活寄托……

更多的时候看舞蹈,我是站在欣赏的角度。我喜欢杨丽萍的舞蹈,尤其喜欢她的《两棵树》,她的婀娜多姿,她的柔情似水,她的恣意狂放,她的缠绵悱恻,她的灵肉交融,将生命的深沉和活力充分展现开来。

我一直向往着想象着杨丽萍舞蹈《云南映象》的最后一幕:一

支洁白的羽毛缓缓飘落,天地间万籁俱静,生命和生活中,该有多少用语言无法述说的丰富和博大啊!

那就请用舞蹈来述说吧!

冰上故事

　　有人说，双人花样滑冰的选手大多都有故事，一托、一抛、一接之间，演绎的尽是爱的默契和信赖。

　　我之所以喜欢看花样滑冰，尤其喜欢双人花样滑冰，是因为喜欢驰骋自己的想象，乐于在欣赏艺术之余，试探着用心解读在音乐背景下冰舞所阐释的故事。

　　我会盯着电视荧屏陶醉于一场又一场冰上芭蕾，看男女选手脚踩一刃锋利的冰刀，在常人感觉滑而又滑的冰面上，把各种高难度的动作编排得可以入诗入画，再配上一段优美音乐和魔幻的灯光，速度的流线飞动起飘逸之美，不觉中将身心浸入一种如梦如幻的空灵氛围，仿佛迷离恍惚之际，动感与视听都成了一种享受。

　　有人说过，美有残酷的成分。我觉得这类冰上舞蹈的美就美得有点儿残酷。带着镣铐跳舞是残酷的有形束缚，而冰舞的残酷是潜伏着的无形狰狞。其间猝不及防的变数和难以预料的惊险使比赛充满刺激与渴望。往往一个动作仅在一瞬间失去了美的价值。就像一部悲剧突然降临，将美的东西破碎了。所以滑冰的曲子大多是凄美的抒情的，譬如名曲《梁祝》多次回荡在花样滑冰的赛场，选手柔肠百结的肢体语言就是一幕多姿多彩的情景剧。记得那天是情人节，在都灵冬奥会的滑冰场上，随着一首悠扬唯美的《蝴蝶夫人》乐曲戛然而止，中国的花样滑冰选手27岁的申雪和32岁的赵宏博也把一场冰上舞蹈推向极致。赵宏博忍着剧烈的伤痛出色完成了全部动作，荣获一枚铜牌。成功来得不易，比赛刚结束赵宏博就紧紧拥抱了合作12年之久的申雪，他说以后想起《蝴蝶夫人》，他会想哭。此前还有张丹和张昊把一曲再熟悉不过的《龙的传人》演绎得美轮美奂，美中不足的是在"抛四周跳"时，张丹摔倒受伤，比赛中断。仅仅几分钟后，张丹重新上场继续比赛，以近乎完美的表现赢得一枚不同寻常的银牌。

我注意到记者在报道这一赛事时说，选手的悲壮表现征服了观众。说实话，我不喜欢用"征服"这个疑似暴力的字眼儿，我觉得应该是他们感动或者震撼了观众更为贴切一些。据说世界上很多双人滑选手都是情侣或者兄妹，是因为这项运动要求两人在场上必须格外默契。我却觉得即使他们不是情侣和兄妹，也并不妨碍他们用冰舞向观众讲述一个缠绵悱恻的动人故事。因为冰上舞台是最容易表述爱情或心声的，一是能隐喻爱情的冰清玉洁；二是能验证主人公长年合作的身心交融。最著名是俄罗斯一对冰舞运动员的故事，我在鲁迅文学院学习时一个东北的同学重复讲给我听的。他在讲这个爱情故事时眼睛里噙满了泪水。他说俄罗斯的双滑男女选手谢尔盖·格林科夫和叶卡捷琳娜·高蒂娃曾经是一对"绝配"。被冰迷们称作"冰史上最完美的搭档"。二人在大大小小的赛事中几乎没有失败的记录，从搭档、世界冠军到好友、恋人、夫妻，他们一路滑过来，成就了一个冰坛传奇，一段爱情佳话。

然而悲剧不期而遇，当时28岁的格林科夫突发心脏病逝世了，从此留下24岁的高蒂娃冰上独舞，她坚守着与丈夫共酿的梦境，一如坚守他们的爱情，矢志不渝，继续讲述心中的故事。寂静的滑冰场上，音乐响起来，《人鬼情未了》主题曲如泣如诉。人们不会淡忘，这是格林科夫辞世后，高蒂娃的第一次冰上独舞。高蒂娃美丽而忧伤，在光影里慢慢抬起默哀的头颅，她就像那只受伤的天鹅，挣扎着从沉痛中醒来，冥冥中她的灵魂与另一个灵魂融合为一体，双双展翅默默地飞翔，直至飞向时光的永恒……寻觅啊，滑动的弧线；思念啊，旋转的旋涡；呼唤啊，不屈的手势；期盼啊，祈祷的眼睛……是她用自己的孤独和追忆诠释爱的富有和甜蜜么？是她用自己的抗争和向往展现生命的美好和力量么？

　　那个夜晚，世界上有无数的观众收看了电视转播，人们自我解读着高蒂娃冰舞的全部语汇，被一曲冰上绝唱感动得泪流满面。其实，观众与冰舞选手产生感情共鸣，默默流泪就是一种交谈方式，看双人花样滑冰，就好像听两人讲述一个动人的故事，我想那应该是来自舞神心底的声音吧！

在路上

不知道从什么时候开始,"在路上"成了人们使用频率渐高的一句话。原因嘛,无非是由于交通发达了,通讯先进了,生存环境宽松了。正这么遐想着,手机就响了,赶忙用手机对话,喂,你在哪里?我在路上。呵,我也在路上。

我们都在路上。如今在路上的人似乎都充盈着一种生命的张力,不论是一贫如洗的乞丐,还是富可敌国的巨商,甚或一路奔逃的罪犯以及沿途追捕的警员……一切都是现在进行时,每时每刻无不呈现着动画般活灵活现的视觉冲击,给人以超越想象的心灵震撼和故事悬念。在路上,徒步、骑车骑马、坐车、坐船或是乘飞机,去旅游、漂泊和流浪,无尽的跋涉和颠簸,乞求、满足、悠闲、兴奋和无聊、快乐和忧伤。受限于个人的秉性、情趣以及生活的优越和窘迫……一路上有人浪漫,有人实际,浪漫得可以不识人间烟火,实际得可以仅为一箪食一瓢饮。

在路上,我总是有所期待,无疑这是一次有目的的出游。因此往往忽视了途中的感觉,坐在飞驰的火车上,窗外的景物一闪而过,路旁的树和电线杆儿依次倒向后方。等抵达目的地后,失望也接踵而至。大多时候,被规定的日程安排剥夺了从容若定的心境,紧迫和疲惫抵消了期待的愉悦。于是在返程的路上,我刻意找了一个靠窗的位置,开始留心观察和欣赏沿途的风光。回来后发现唯有的收藏竟是路上保留的记忆。

然而，即使刚刚结束了一次无聊的旅行，我们又想着下一次旅行一定充满刺激，甚至奢望到人迹罕至的大漠深处去消解寂寞。人们喜欢设想路的另一端是梦的延续。

前些日子，我的一位年轻的文友突发奇想，琢磨着要辞掉现有的一份不错的工作，只身去周游全国，他想得很简单，有车坐车，无车步行，有钱买饭，无钱讨食。他向往用心读书用脚写作，随身背着一个背篓，里面装着书，路上拾到什么也可以往里面装，就这样做一个文化的拾荒者。挺好！他认定在"读万卷书，行万里路"之后"写一部书"，因为在他之前已有了可以效仿的样板儿。听他一番豪言壮语，我想我不怀疑"红军不怕远征难，万水千山只等闲"那种成就伟业的大气概，我甚至不怀疑他能够应付承受旅途的不测、饥寒和劳顿，我只是担心他在走遍神州依旧行囊空空可怎么办？他今后的路还怎么走？

其实，人生就是搭乘一趟环行列车。我们即便不走动，依是"坐地日行八万里"了。事物是动态的并处于动态之中，"两岸猿声啼不住，轻舟已过万重山"。孕育着中华文明的黄河长江日夜流淌，水在江河里走，船在水上走，人在船上走。"三十功名尘与土，八千里路云和月。"岳飞跨马提枪"踏破贺兰山缺"，一任呼啸的血性归隐于生命无常的历程。

我们从"零距离"上路，又回归到"零距离"处，在生与死之间作圆周运动。太阳是圆的，月亮是圆的，我们的地球是圆的，我们的家园是圆的，亲人的期盼是圆的。

人生是这些永恒的一刹那，我们叠印在路上的足迹稍纵即逝，就像苏轼诗中描述的："人生到处知何似，应似飞鸿踏雪泥。"只有极少人的脚印能够刻在路上，后人叫它里程碑。而有形或无形的路，仍在脚下。

向日葵

在我的心目中，向日葵是一种有些通人性的植物。这缘于它那生动无比的面部表情：仰着虔诚的脸庞，一刻不停地追随着太阳，灿烂地微笑着，热烈、纯真、亲切而美丽。

记得在多年前，京九铁路刚刚开通之际，我去了正在筹建中的霸州车站，在一大片被辟作车站广场的空地上，有人种下了密密麻麻的向日葵。此前我多是在故乡一些庭院或是土地的边边角角处见到向日葵稀疏的身影，那还是我第一次看见这么大面积的向日葵呢，给人一望无际如花海般的视觉冲击。尤其引起心灵强烈震撼的是，从它们与你对视的神情里，你恍然感觉到那种心与心的情感交流，这分明是一群有血有肉的故乡亲人啊！于是我蘸着激情写下了一首诗：在铺满黄土亲情的大道旁/我看见大片的向日葵面朝着东方/生动无比的表情/热情洋溢着期望/我想凡·高笔下的向日葵/无缘涉足这片温馨的息壤/亲人般的向日葵啊/只管将花朵开成太阳的模样/只管将果实结出泥土的信仰……

我喜爱向日葵，最初是因了它硕大如盘的花朵和果实。据说当年伟人毛泽东是提倡在庭院多种葵花的，他认为种植葵花是一举两得的事情，既看了花朵又食了果实。我想大概天底下的植物因了自身繁衍都要开花的，在我对花知之不多的有限知识里，也知道牡丹、玫瑰、月季、蜡梅、君子兰什么的，都是些养心养眼的名花儿，然而果实却就无法被人直接食用了。有一种无花果是可以吃的，只可惜花朵太小且不夺目而被人忽略掉了。要说罂粟花够妖艳了吧，只可恨最后结出了邪恶的果。而向日葵呢，绽开的花朵是温温暖暖的，结下的硕果是香香甜甜的。

前几日，我见商贩将新摘下的籽粒饱满的向日葵花盘摆在大街上叫卖，有年轻的女子买了，手端着美味的花盘边走边食，这是以往在乡村田野才会见到的景象。我不知道为什么触景生情，心中竟生出一丝莫名的感伤来，好像我就是那株在繁华都市里行走的向日葵似的。慢慢地想，或许是联想到了一首叫作《收割后的向日葵》的诗，联想到了那些令人动容的句子：只有躯干没有头/没有头还有知觉/凭叶脉感应和残余的习惯/不改初衷追踪日头的方位……

多少年来，向日葵给我的意象应该是拟人化的。比如它沐浴阳光的恩泽，就知道以尊敬的礼仪注视着太阳；比如它承受大地的滋养，就知道以内心的感激低头致谢脚下的土地。在我看来，向日葵是一种懂得感恩的植物。当然也有人说它是愚忠的典型。只是最近，我偶尔从一篇文章里读到了有关向日葵的生存智慧。先说它追随太阳不单是表达忠诚之意，也是为了生长之需；后说它待花盘开始结籽时垂首，不单是向土地行鞠躬之礼，也是为了繁衍后代的需要。有人就做过一个实验：用两根木棍交叉做成一个支架，将向日葵的花盘撑起呈仰面状，结果发现花盘里结的籽儿全部烂掉了。于是恍然大悟，原来低垂的花盘是用来避免雨水淤积变腐的啊！尽管如此，我还是无法承认向日葵的智慧有任何世故的成分。它的光明磊落，它的鞠躬尽瘁，它的修养觉悟……倒是令我沉思，假若我能有一个像向日葵一样的人生，也就该满足了，起码可以入诗入画了吧！

思想的翅膀

  仰望鸟儿在天上飞翔,我的思想也展开翅膀。

  天空依然是儿时神往的天空,云端漂浮着飞翔的梦。记忆好像总沉浸在溟濛的情境里,我不知多少次在神奇的睡梦中飞翔起来,先是从自家的屋顶飞向邻家的房脊,穿梭似地自由往来。然后展翅高飞,扶摇直上,扶摇直上。又不知为什么,有时竟然一头倒栽下来,我从梦的高处跌醒,惊出一身冷汗。发现肩膀依旧是肩膀,肩膀并没有变成翅膀。

  我把我的梦讲给年迈的祖母听,她总是故作高深地说,这是一个大鹏鸟长翅膀的好梦哩。我释然地笑笑。所谓释梦不就是要探究梦的真正根源么?我至今不曾向弗洛伊德《梦的解析》寻讨答案。但我相信梦是欲望的满足,绝不仅是偶然形成的联想,即通常说的,日有所思,夜有所梦。我觉得有梦就好,有些妄想也只能做梦,更多的时候也只有在梦中一任思想舒展翅膀,身心渴望的自由亦得以借助梦幻实现一种精神的翱翔。当然有梦想就有成真的时候,正如人类可以制造飞行器来实现自身的飞翔。有一天,我在一个漫天繁星的宁静夜晚,发现飞机的翅膀仿佛从波光粼粼的银河上划过,灯光一闪一闪,像是蜻蜓点水,溅起一圈儿又一圈儿会心的涟漪。

  于是我知道了除了会飞的鸟,还有飞鱼、飞鼠、飞蛙,还有长着翅膀的天使和蚂蚁。就在昨天,我在树木的枝叶间偶然看见一只正在爬行的毛毛虫,丑陋而蠢笨,却一副踌躇满志的样子。谁能想到它会变成一只美丽的蝴蝶呢？我想首先应该知道的是它自己吧，然后才是梦中化蝶的庄周。它一定满怀着高远的志向，执意变成一种翩翩飞舞的斑斓花朵。不然就是经历了再艰难的嬗变，也只能空有一双废弃的翅膀。

于是想起我的中学时代，我的生物老师对我说过，飞翔缘自思想的翅膀。同样是水中游弋的几只鹅，一旦遭遇袭扰便顿现云泥之别：能够振翅上天的无疑是珍贵的天鹅了，仅能在地上摇摆奔逃的显然就是普通的菜鹅了。当然也忘不了，在常年的冰雪世界里还生活着鹅类的亲戚，那是穿着一身绅士服的企鹅，翅膀退化得有些滑稽可笑了，只是笨拙肉体上前世仅存的一种摆设而已。依次类推，还有一些肉鸡肉鸭或鸵鸟，可叹因了思想懒惰和习性依赖，已逐渐丧失了飞翔的欲望和力量。

其实说到飞，词典上第一种解释是：鼓动翅膀在空中活动。这应该是特指会飞的鸟、虫一类。而对于人类在空中的活动，一旦有了飞翔的思想，没有翅膀也一样飞翔。譬如研制的磁悬浮列车，能够悬浮离开轨道飞驰，同样称得上是一种真正意义上的飞翔。我曾经很是豪情地写过一首题为《大地上飞翔》的诗：驾驭呼啸的长龙从天而降/敢笑天上的飞鸟儿/我一样在大地上飞翔/此刻，渐伸渐长的钢轨/以及腾空而起的车轮/丰满成放飞的翅膀……

那么，我们的思想就成了奋飞的车头，穿越爱因斯坦凿通的物理隧道，奔向空间的纵深和宽广。这个时候我们思想的翅膀是否可以届时收拢呢？目前没看见但是想看见，假若有一天，当我们飞翔的速度等于光速时，时间就会真的静止吗？当我们飞翔的速度超越光速时，时光就会真的倒流吗？

天空蕴藏无限的想象，思想高蹈凌空的翅膀。接下来那该是怎样一种不老的寓言，又该是怎样一种永恒的飞翔呢……

飞翔的鱼

前几日，得暇到鸟鱼市场一转，见大大小小的鱼缸里各色各类的鱼在水中游动，鱼的鳍扇动着，像翱翔的翅膀似的。不由联想到伟人毛泽东"鱼翔浅底"的词句是多么形象和浪漫。

鱼是水中斑斓的音符，没有了鱼，水就没有了色彩和旋律；鱼是水中的风景和意象，没有了鱼，水就没有了诗情画意。总之，水里没了鱼便缺少了内涵，会显得苍白单调，会觉得寂寞无聊。我简直不敢想象若是水中无鱼，那会是什么水呢？湖泊江河很可能就是一汪污水或一股浊流。那样，寒江垂钓的渔翁也就只能是一个记忆了。

鱼的生命是水，水的生命是鱼。但在我的印象里，鱼是不长皱纹的，鱼是美女的化身，或许是因了她舞动的柔姿，令人赏心悦目，任人浮想联翩。记得我在很小的时候看过一个古装戏电影，剧中一鱼变的美女爱上了陆地的男子，宁肯忍受刮鳞之苦仍忠贞不渝，在电闪雷鸣的烘托下，看那鱼美人痛得翻天覆地的样子，谁的心能不被深深触动呢？想着能被鱼美人如此痴情地爱上，那该是多么值得珍惜和幸福的事情啊！

我不知道世界各地为什么有那么多的美人鱼雕像，到底是因为鱼爱上了人呢，还是人爱上了鱼！我只是知道鱼是人类的先祖。我们最初是承受一种惩罚，而被迫用肺呼吸用脚走路的。并因此演绎出一个寓言故事来，说是上帝在一张桌子上放置了一个鱼缸，养了一条金鱼，就像一幅立体的画儿，上帝每天观赏这幅画儿。突然有一天金鱼不愿做水中画了,一个打挺跳在了桌面上。上帝说,好吧,不愿待在水里就待在桌子上吧!于是每天将鱼从水中捞出来,开始一分钟,然后两分钟三分钟不断递增,直到金鱼不再回到水里,整天在桌子上跳跃摆动。一次让一位来访者看见了,忙随手将鱼放回缸里,不曾想,鱼却被水淹死了。我在开怀大笑之后,感觉我就是那条鱼,我在进化的过程中放弃了鳃的呼吸功能,一下子断了退路,只能生活在陆地上,以致学点儿返祖的游泳也算一种技能。

可是至今,有的鱼依旧在重蹈覆辙。我老家种庄稼的表哥就在一夜大雨之后,赤着双手在自家的高粱地里收获了一片白晃晃的鲢鱼。不远处有一些鱼塘,鱼是驾雨腾空飞来的。在此以前我只听说过大海里有一种能离开海面的飞鱼,还未想到过平原池塘里的鱼会有这般的凛然和悲壮,一群非凡的鱼竟拥有如此追求自由的勇气和力量!

我无法想象到鱼类的最后结局。我可以猜想到那些搁浅在旱地上的鱼们,即使面对死亡眼睛也一眨不眨,嘴还要一张一合地念念有词,它们依然会执着地说:我要飞翔……

穿背心的猫

在柴可夫斯基的优美音乐里蹦跳着一只《穿靴子的猫》。此刻，我和鲁迅文学院的同学们正静坐在北京中山公园音乐厅里，沉浸于舞剧《睡美人》组曲的第三段曲子。铺天盖地的音乐从天而降，或激情跳跃或舒缓低回，或交织胶着或水银四射，或沉静意会或挣扎救赎……音符无孔不入，令人无处躲藏的交响啊！

音乐是有视野的吧！不觉中无形的听觉就幻化成有形的视觉了：一只白色的猫蹒跚着走来，在春寒料峭的三月，在鲁迅文学院的树木花丛间。只见它浑身污浊，皮毛蓬乱，面容憔悴，目光迟钝。听门卫的保安说，这是一只流浪猫，因附近民居大面积拆迁，它或许是跑丢了也或许被主人遗弃了，总之它失去了家。

这是一段很深情的音乐。是因为我的同学胡安娜执意要收留这只猫。胡是来自湖南的湘妹子，早年是唱过花鼓戏的，如今在省艺术研究院供职，因年长于我，故称其为胡大姐。她的单纯和善良都是写在脸上的，我有时凝视着她和我的一张照片，见她将一只胳膊自然地搭在我的肩上，永远笑眯眯一副天真无邪的样子。

我想象伴随着柴可夫斯基的音乐，她第一眼看见这只白猫的时候，目光里一定流淌着无限悲悯的神情。她先是到了宠物用品商店买了猫罐头等食品，急忙给猫补充营养，随后又动员门卫的几个保安队员，和她一起给猫洗澡。大概是这只白猫太脏了，总怕洗不干净吧，保安队的小伙子干脆把猫的毛剪掉了。次日突然下雨，气温骤降，连续两天猫无踪影。安娜急得团团转，这可怎么是好，把猫冻病了怎么办？她嘴上不停地抱怨着不该把猫的毛剪光了。友人说，二、八月是猫儿的恋爱季节，说不定这猫跑出去谈恋爱了。果然，等到猫精神焕发地回来，她又跑到宠物用品商店买来一件猫背心，我看见这只穿上背心的猫一改往日孱弱不堪的怯懦形象，经常踌躇满志地在围墙上巡查。一天黄昏，我正在房间里看书，突然听到猫儿的打斗声。隔窗望去，见这只威风凛凛的白猫，像一个穿着防弹背心的勇士号叫着冲向另一只黑花猫，一举将入侵者赶出了领地，我禁不住失声大笑。

　　我将画面移植在柴可夫斯基的音乐里。友人和安娜调侃，说她养得猫太不绅士了，太缺少人文关怀了。她便一边喂猫一边数落着猫，是啊，要做一只有文化有修养的猫啊！几天后，人们不清楚这只白猫是如何将一只奄奄一息的黄猫弄进院内的花丛的。这只猫又是如何引导着她去营救，据说猫是有着九条命的生灵，可惜黄猫的伤太重了，两条后腿几乎烂掉了，安娜买来许多的药物也无力回天，黄猫死了。

　　在低沉的音乐声中，安娜和同学将黄猫埋葬了。这只白猫绕着墓地不停地叫着，恋恋不舍。安娜感叹道，这是一只有情有义的猫呢！

　　同学凉风说，并不希望音乐为灵魂提供食粮，只是等待音乐为幻想填充空间。而我只想让音乐为我们讲述一个故事，一个温暖的故事。我在结业时看到安娜为了这只猫还在嘱托着什么，有人还在为了这只猫承诺着什么，真想祈求柴可夫斯基的在天之灵，给我们再写一个曲子吧，曲名就叫《穿背心的猫》。

会飞的蛇

　　读苏童的小说《蛇为什么会飞》，读到最后也没弄明白蛇为什么会飞起来。

　　我当然知道小说的名字有其独特寓意，通篇不断出现的蛇只是一个象征意义。按作者的说法，蛇是小说中唯一非写实的因素。蛇逐渐演化变成一种重要符号，其光滑阴森的形状和感觉，象征着人对社会的无从把握，也可以说是一种冷酷的人心，一种变异的人性。总之会引申出很多东西。

　　但我总认为蛇的爬行与飞翔是有些联系的。鸟和昆虫的飞行是靠翅膀拍打空气产生向上的动力，飞机也是靠速度产生气流升空的。而蛇恰恰与气有着某些渊源。据说龙是由蛇演绎来的，古人凭想象画蛇添足就描绘出了龙，由此蛇也就衍生出"小龙"的雅号。因为传说龙能够吞云吐雾，能够呼风唤雨，所以龙无疑是能够飞翔的了。那么蛇呢？蛇会使风用气吗？

　　记得小的时候，和一群小伙伴儿在故乡的池塘边玩耍，忽听得附近草丛里传出一声又一声蛤蟆的叫声，这叫声夹杂着不和谐的声调，引起我们的注意，是那种凄惨、绝望、无助的哀鸣。我们停止了嬉笑打闹，走近了一瞧，就看见一条大花蛇正在向一只蛤蟆施威，花蛇只是冲着蛤蟆张开嘴巴，大约一步之间，那只可怜的蛤蟆面对蛇口，极不情愿地叫着跳着向花蛇靠拢，好象受到一种不可抗拒而难以察觉的魔力牵引，一直跳进花蛇的肚子里……那时，我总觉得蛇是善于巧妙运气的诡秘动物。

事后听老人们讲，这就是人们通常说的一幕真实的"长虫吸蛤蟆"或曰"长虫戏蛤蟆"了，恐怕在这片古老的土地上已经上演无数了。故乡人普遍称蛇为"长虫"，往细里去想，这蛇不过是一条长长的虫子而已，又有什么可惧怕的？可是古人也称凶猛的老虎为大虫，这么说老虎只不过大大的虫子而已。但是打死大虫的武松却是世人景仰的英雄。那么以此类推，同样能够驯服长虫的人最起码也该算作一位奇人吧。于是就有了壮汉甚至美女与蛇共舞、与蛇接吻、与蛇同眠等等景观，毫无疑问，这些都与名利有关。

前不久，我在一个电视节目里看到几个捕蛇的非洲猎人，他们将自己的一条腿伸进蟒蛇洞内，引诱蟒蛇将腿吞下去，然后齐心协力再将腿和蟒蛇一并拖出洞来，整个过程惊险而刺激。人类一直在利用蛇，然而蛇却被人极大地妖魔化了。

可以说，除了《白蛇传》里的白素贞等为数不多的蛇变美女还算心地善良外，蛇几乎成了邪恶与狰狞的化身。而来自蛇的恐惧又使人对蛇产生了某些敬畏：蛇同时又被神化了。我们在有名或无名的山川游历，会不难遇到被人供奉的某某蛇仙牌位。在一家深宅大院里如果发现了有蛇出没，会被视为镇宅之宝，是断不敢随意伤害的。在民间，流传有种种因冒犯了修炼成精的蛇仙而导致灾祸缠身的故事。蛇便借着人的无际想象力，借着一个个若有若无的传说飞翔起来。

冀中平原上多无毒蛇，人们称之为菜蛇。菜蛇者，大约是说这种蛇的无能或只配做菜肴。但蛇留给人的敬畏感是依然的，儿时我曾经和一群同伴儿围攻过一条"菜蛇"，将砖头土块雨点般倾泻过去。那蛇高昂起头颅与我们对峙，口中吐着鲜红的信子，于是伙伴儿中就先有人胆怯起来，高喊："快用手挠脑袋！"他听他爷爷说，蛇吐出信子是在数人的头发呢！若是被蛇数清了头发，那可就在劫难逃了。大伙儿顿时头皮发紧，赶紧收回手来设法弄乱头发，以免被蛇数清了。那蛇趁机突围，"嗖"地一股冷风窜将出去，就像在草叶上飞行。

那天夜晚我一直在做梦。蛇真的飞了起来，飞进我的梦里。

走　狗

很多年以前，我养过一条走狗。或许人们会联想起抗日战争期间为日本侵略者效劳卖国求荣的伪军和汉奸什么的。可我养的走狗不是字典里所指的"比喻被坏人豢养而帮助作恶的人"。它只是一条纯粹的狗。

总之它够不上真正意义上的"走狗"。一是养狗的我绝算不上名副其实的坏人，那时正值"恰同学少年"，整个人儿纯洁得几乎透明，远不具备豢养走狗的资格；二是我养的狗从未做过谁的帮凶，尽管有民谣曰："城里的孩子乡里的狗。"但它作为乡里的狗并非厉害难惹，即使有谁侵犯了它，它也只是虚张声势地吠几声，一生不曾有下嘴咬人的劣迹。我之所以唤它为走狗，是因为它总在异地两家之间来回走动的缘故。

当年，我是在离家几里远的邻村学校读完初中的，每天背着书包上学下学要走很长的乡间土路。又一次下大雨，路上泥泞不堪，班上一位平时要好的同学拉住我，说今晚别回家了，就到我家过一宿吧。我犹豫了一下，望了望天，雨还在下，就托同村的同学给母亲带了口信儿，随邻村的同学去了他家。第一个将我们迎进家门的便是两只很逗人的小狗儿。

那时候各家的摆设都大同小异，同学家除了几件弄不清什么颜色的祖传老式桌柜，就是用来盛粮食的囤呀缸呀什么的，再就是占据了屋内大半地盘儿的土炕。院子里同样养着猪和鸡，和我家相比，他家只是多了两只活蹦乱跳的小狗儿。从我一进门，两只小家伙就对我很感兴趣，先是凑近我伸鼻子嗅嗅气味，然后就友好地摇摇尾巴，再后就热情地满屋子追随着我。趁人不注意，我把同学母亲给我烙的一张香喷喷的葱花饼偷偷喂了它们小半张，贪吃的小狗儿便成了跟屁虫。同学的母亲还直纳闷儿：这狗咋就这么待见这孩子呢？

两只小狗好玩极了。鬼机灵着呢！它们瞧着我手里有好吃的东西，会变着花样在我面前卖劲地表现，或在地上爬，或在地上打滚儿，一个心眼儿献媚想把吃食弄到口。同学的哥哥见我稀罕那狗，就做弟弟的思想工作。说好朋友见面分一半儿，分给你同学一只小狗吧！正巧同学的母亲也嫌两只小狗闹腾得慌，日后食量增了养活不起，也在一旁帮腔儿。同学只好忍痛割爱，答应送我一只，就是那只长有四个白爪子的小黑狗儿。同学的哥哥很在行地对我说，这要是一匹马就叫"雪里站"，跑起来就叫"雪上飞"了。可惜这是一只狗，不过这是一只典型的"四眼狗"。果真好看，狗的上眼睑处长有两个黄色的斑点儿，酷似一双眼睛。

第二天放学，我是领着小狗一路跑回家的。起初母亲不肯收留，我极力坚持，甚至以绝食罢饭相要挟，母亲只好应允了。我对狗称得上宠爱有加，我吃什么它就能吃到什么。半年后，一只小狗长成了一条大狗，连叫声也变得瓮声瓮气了，家里进了生人或是夜里听到什么动静，它都要尽职尽责地吼几声。祖母说，没有白养活它，这狗知道做活儿了。

谁也没有想到有一天狗会突然失踪，可在一个昼夜后，它悄悄溜回家来，低头夹尾，一副很愧疚很羞涩的样子。邻居大哥开玩笑说，它没准去谈恋爱了呢！可是到了学校，我的那位同学异常惊喜地对我说，那狗昨天跑回他家了。我立刻心头一沉，回想起有几次上学路上发现它是尾随我的，又想当初是应该把它装进纸箱或者布袋里带回家的，这样它就不会认识回去的路了。

后来，管也管不住了，它就堕落成一条走狗了。它不停地在两个村庄两个家庭之间奔走，竟然成为乡邻们茶余饭后的一个话题。祖母说，你养的狗是个奸臣哩！乡邻们也说，干脆把它杀掉算了，还能落下一锅味美的狗肉和一条上好的狗皮褥子呢。

乡邻们普遍认为,如果说它是一个人,知恩图报,念旧顾新,应该是个好人了;可它偏偏是一条狗呢,那就算不得好狗了。今天想想,做狗也难,说它是一条走狗吧,似乎又亵渎了狗。

那年冬天,它彻底失踪了。我与同学之间相继有了猜疑,但谁也无法相互指证什么。时至今日,我可以断定我俩谁也不会杀死自己喜欢的狗。

那么是谁杀了它呢?我养的走狗就这样走丢了。

平原猎兔

我的老家冀中平原上，从秋作物收完到来年小麦返青这段农闲时光，一些农民喜欢以狩猎打发日子，平原上没有多少可供猎杀的动物，只有野兔成了唯一被追杀的猎物。

一进深秋，收割后的原野视野开阔，显得格外空旷，放眼远望一马平川。这时地里没了庄稼，野兔们失去了隐身的屏障，一蹦一跳皆暴露无遗，是最容易被发现被猎杀的时候。我常见野地里有端着火枪引着细狗的人，或单枪匹马或三五成群，背着粗帆布缝制的行囊，迈着不紧不慢的步子"遛兔子"。他们一般是等距离散开，形成一个扇面儿，匀速地向前搜索，一旦有野兔窜将出来，人和狗顿时来了精神，随着一声枪响，一条或数条猎狗犹如离弦之箭射向野兔，若是枪法好，那兔儿应声毙命，那狗儿冲上去未及撕扯，已被猎手收入囊中；若是一枪未打中，兔儿受惊奔逃，狗儿奋起直追，定是有一出精彩好戏看了。

野兔跑得快，猎狗更应该跑得快。猎狗是那种专门追捕野兔的细狗，腿儿细长腰儿细长嘴巴细长，活脱脱就是动画片《西游记》里二郎神的那条细犬的造型。据说最早见于古埃及金字塔壁画上的狩猎图，有人说西汉时沿丝绸之路传入我国的。不管怎么说，细狗很早以前就是追逐猎物的犬种。它凶猛善咬奔跑速度极快，但要想轻易地追上野兔也并非容易。常言说迅如脱兔正是形容野兔的迅捷。一般情况下，仅凭一条狗去追赶一只成年的野兔是难以稳操胜券的，狩猎者总要牵上两条以上的狗，先放出一条狗追逐野兔，等野兔跑回一圈儿后，再放出另一条狗去追。因为野兔也有自己的领地，逃命的路线也不过是围着自己的地盘儿绕圈子而已。我很多次站在老家的大堤上，居高临下地观赏乡亲们精心执导的一场"狗撵兔子"。远远望去，广袤的土地上奔跑的野兔犹如一个跳动的小黄点儿，紧追不舍的细狗就像一个跳动的大黑点儿，眼看着就要追上了，就见那兔儿一转弯儿，细狗始料不及便被甩掉一大截儿。追着追着，黄点儿黑点儿由小变大，野兔和狗愈跑愈近，几乎又回到了起跑点。我这才恍然大悟，怪不得乡亲牵着另一条狗耐着性子一直在原地等呢！真有点儿守株待兔的意味。等到这时，再将做预备的狗不失时机地撒出去，这条憋足了劲儿的细狗猛冲过去，仅仅一个冲刺便将疲惫不堪的野兔儿扑倒在地。听行家说，由于猎狗剧烈奔跑伸着舌头散热，喘得合不上嘴巴，所以一时无法撕咬猎物，只得用两只前爪死死摁住野兔儿。当然，这也是分辨猎狗优劣的标准之一了。

乡亲说，最近这些年乡村里禁枪，没人用枪打野兔，这兔儿就有点儿泛滥成灾，如今农村里细狗撵兔成了热门儿。近日我读报获知，关中平原同样盛行这类细狗撵兔的狩猎活动，且经有关部门认定，与野生动物保护及环保精神并不违背，又说野兔繁殖力极强，如不加控制会对农作物造成危害呢。于是想，素来缺乏旅游资源的平原农村可不可以开发这样一个旅游观光项目？久居都市的人们，若能亲身体验到在一望无际的田野上引狗逐兔，恐怕也不失为一种消遣和情趣儿。

或许真的哪一天，你在钢筋水泥森林里待腻了，会招呼起几个伙伴儿，说：走，咱们到冀中大平原看细狗撵兔去！

注册的朋友

敞开你的心扉，看你能拥有多少注册的朋友？我常常扪心自问。

那年，我整理朋友寄来的书信时，发现为数不多的十几张明信片里，上面差不多都写着一些"祝你快乐幸福"之类大同小异的话，只有两张与众不同。有一张上面写了"我们的朋友遍天下"；另一张上面写了"想你一分钟"。禁不住哑然失笑：一个铺展了偌大的空间；一个凝聚了短暂的时间。于是独自想象那个"朋友遍天下"的朋友是怎样挑灯夜战将友谊撒向四面八方。其实他是个极具夸张的人，不是什么大人物，哪来遍天下的朋友？而那个"想我一分钟"的朋友，我也想象他是怎样聚精会神将思念凝结在瞬息。其实我更知道他是个非常机智的人，他既非大款又非大腕儿，平时还不至于忙得顾不上想朋友，只吝啬到一分钟，哪怕是两分钟呢。但是谁也没必要矫情地时时刻刻都念着谁，其实只要每逢佳节能坚持想上"一秒钟"，一生也就断不了友情。

我不相信"我们的朋友遍天下"的凡人神话，我深信"想你一分钟"的真实写照。生活中的朋友，现在很少有人再寄明信片了，打个电话，发个短信、微信，逢年过节告一声想着你呢！这一刻已经够温暖了。况且大街上整天有人在歌唱"不在乎长久，只要拥有"。况且鲁迅曾经感慨：人生得一知己足矣！莎士比亚也说过：友不贵多，得一人可胜百人；友不论久，得一日可喻千古。记得宝岛台湾女作家三毛喜欢和人交朋友，她大概这么说过，朋友之最可贵，贵在雪中送炭，不必对方开口，急急自动相助。朋友中之极品，便如好茶，淡而不涩，清香但不扑鼻，缓缓飘来，细水长流，所谓知心也。知心朋友偶尔清谈一次，没有要求，没有利害，没有是非口舌，相聚只为随缘，如同柳絮春风，偶尔漫天飞舞，偶尔寒日飘零，偶尔便是永恒的某种境界。又何必再求拔刀相助，也不必两肋插刀，更不谈生死相共，这些都不必了。

所以，多愁善感的三毛不要求朋友也多愁善感，悄然只身辞世的三毛不需要朋友相伴共赴天国……她走了，将友情留在永远的记忆里。她知道，真正的朋友应该是那种平常时想不起非常时忘不了的人。她一定知道，友情就像磷火，只有在四周一片黑暗时才显露出来。我看到电视画面里静卧的三毛，周围簇拥着众多的朋友和烂漫的鲜花，这一切能否告慰生前内心孤独而本性友善的三毛呢？

朋友交往是极其自然的事，没有规定的某种表象。有时候看上去很像朋友的人，事实上却往往不是朋友。我们身边有很多这样的例子，整天形影不离滚在一块儿吃喝玩乐的所谓朋友，突然间反目为仇甚至大打出手。以权以势结交的朋友，权没了势没了交易就做完了；以酒肉结交的朋友，喝了酒吃了肉就该散伙了。只有以心结交的朋友才会长久，友情是悄悄融入彼此血液的。

古人云："小人之交甘如醴，君子之交淡如水"。那天我彻底盘点了一下，和我相处长久而要好的朋友，还是注册于心的那几位"淡如水"的朋友，偶尔也有小聚小酌，决不"甘如醴"的令人腻味。更多的时候，保持了如水之交，我觉得世上什么甘甜饮料也比不上淡淡的水，唯有水是最解渴的，包括"淡如水"的友情。

名楼的造化

几年前，我曾到久有盛名的滕王阁一游，去之前所知的仅是王勃撰写的美文《滕王阁序》，归来后盘点留存下来的竟还是那篇不朽序文。于是乎也和别人一起感叹：让滕王阁流芳千古的不是它的富丽堂皇，而是因了才子王勃的锦绣文章。

只要留心，从一座座历史名楼里窥探文化固有的无穷魅力，先人所云"文以阁名，阁以文传"。武昌的黄鹤楼有崔颢的《黄鹤楼》诗；洞庭岳阳楼上有范仲淹的《岳阳楼记》；南昌的滕王阁自然仰仗王勃的《滕王阁序》了。我们在滕王阁访今问古，获知这座新修的楼阁已非昔日的楼阁，我竟在一瞬间怀疑起今人的仿古能力，甚至怀疑今日楼上歌舞的艺术还原能力，但我丝毫不怀疑那些历尽沧桑的名篇佳作。我能真切地感觉到一种来自深远的人文光辉至今关照着时代的眉目，禁不住默默感怀，难道这传世的文明不正是名楼的造化！

感怀名楼的造化，也是缘自名楼的史料。滕王阁顾名思义，系洪州都督李元婴公元659年营建，阁以其封号滕王命名。王勃来时正值李元婴的继任阎都督重修滕王阁完工之际，阎都督在阁中大宴宾客，王勃只是巧遇，或曰不速之客，但也是幸遇，由此成就和提升了滕王阁的文化品位。原本阎都督是想借此来炫耀小婿孟学士的出众才华，事先早已安排女婿写好了序文，明面上还要装模作样恭请在座诸公作序，席上张禹锡等名儒心知肚明，均佯装不才，一一推让，唯独王勃不知底细，少年恃才气盛，毫不客气接下笔墨，满座皆惊。阎都督见遇不知趣之人，面露不悦之色，遂拂衣离座躲到静处喝茶去了。仅派遣一小吏察看王勃如何下笔。那王勃当众挥毫，文不加点，如行云流水，刚开始写下"南昌故郡，洪都新府"时，听小吏报来，阎都督表示不屑，说不过老生常谈；写到第二句"星分翼轸，地接衡庐"时，都督沉吟不语；直到写下"落霞与孤鹜齐飞，秋水共长天一色"，都督不禁拍案叫绝：帝子之阁，有子之文，风流千古也！遂更衣现身出来，以厚礼酬谢。

故事陈述至此本该结束了，然后有人却执意演绎下去。感觉郁闷的孟学士有些气不忿了，当众高声说道：王勃此为旧作，如若不信，我可当众背诵。竟然背得一字不漏，众人惊疑。王勃一笑问：请教才人旧作之后可有诗否？孟学士一时无措，只说：无诗，无诗。王勃仗着酒兴来了诗兴，挥笔写出八句诗来，最后一句"阁中帝子今安在？槛外长江空自流"的"空"字不写，故意留下一字空白。然后问孟兄可是新作否？孟大惭。这时众宾客簇拥着都督齐声称赞说，王勃大作，令婿记性，皆天下罕见，真可谓双璧啊！于是皆大欢喜，结局圆满。这个我知晓的典故，想必大家也知晓。我只是想知晓，成全了《滕王阁序》这篇名作的到底是谁呢？恐怕先得感谢阎都督了。不，我这里该敬称他一声阎公了。假如阎公嫉才妒能，举才唯亲，自己做主内定就是了，假若阎公坚持请人作序只是装装样子，即使王勃写了出来，我是权威我说了算数，王勃的文采再好也没用，这篇名作也就没了闻世的空间，恐怕早就进了废纸篓了。假如王勃精于世故，畏惧权贵，事先打探内幕，怀才不露甚至懒得倾注心血，只图凑个热闹，恐怕王勃的序文就死于腹中了。当然也就断了滕王阁的来龙去脉，也就无处寻觅今日名楼的历史渊源。

天下楼阁知多少？更不会有滕王阁营建1300多年来的屡毁屡建、屡废屡兴。甚至连荒淫无度的滕王也沾光附骥名垂，恐怕更是始料未及的事情。因此一切的缘，都是滕王阁的大造化。

我望着这座近年重建的被誉为三大名楼之首的滕王阁，当年盛景般卓然于赣江之滨，我不再想象飞阁流丹的海市蜃楼，不再沉浸于渔舟唱晚的悠远意境，而是突然想起王勃所感慨的一句诗来，禁不住斗胆诌上一句：昔日名阁今何在？唯有华章照新楼。

岳庙随想

在仲春一个阳光灿烂的日子，我来到位于河南省汤阴县城内西南隅的岳飞庙。如今这里已是为纪念岳飞而建的博物馆了。站立在天井处，我不由地仰望了一眼头顶的晴空，有丝丝缕缕棉絮般的云团连着苍穹，联想到从如今到当年的"八千里路云和月"，感叹"三十功名尘与土"，历史的沧桑感和人生的悲怆感油然而生。

据资料记载，岳飞庙始建于明景泰元年（1450）春，经成化、弘治、正德年间扩建，1958年在岳飞庙建立岳飞纪念馆。逐渐形成今天六进院落拥有90多房间的建筑规模。馆内现存27尊塑像及明、清时代近200块碑碣石刻。碑碣中除岳飞所书《与通判书》、《出师表》、《墨庄》等石刻外，多为后人拜谒岳庙时所书镌的诗文歌赋。其中明人董其昌、王越等人的书法碑刻为上乘之作。文官武将挥毫抒怀，笔墨起风云，激荡浩然正气。

岳飞庙在国内已有多处，像汤阴乃岳飞故里，建庙初衷自然又多了几分乡里之情，我想或许当初就是众乡亲的自发之举。古人凡事都讲究出处的，包括一位英雄的诞生和成长。岳母刺字是最典型的家教范例了。传说岳飞出征时，其母姚氏在他背上刺字铭志。展室内有形象的画面，岳飞跪在地上让母亲在自己的背上刺了"尽忠报国"四个大字。我还是头一次听说刺字并非人们常说的"精忠报国"。想一位旧时妇人应该是刺"尽忠报国"更为通俗和真实。至于以讹传讹，或许因岳飞后来得高宗奖"精忠岳飞"锦旗有关吧！然而，这个

"精忠报国"成为岳飞终生遵奉的信条，也同样酿就了一场千古奇冤的人生悲剧。

岳飞投军后，多次率部打败金军，金军不得不哀叹"撼山易，撼岳家军难"。岳飞也屡次上书高宗，要求收复失地，或被革职或被拒绝，故写下了千古绝唱的名词《满江红》，"仰天长啸，壮怀激烈"。待金军撕毁和约，再次大举南侵。岳飞奉命出兵反击。相继收复郑州、洛阳等地，准备乘胜渡过黄河收复失地。他激动地对诸将说"直捣黄龙府，与诸君痛饮耳！"这时高宗和秦桧又想一心求和，连发十二道金字牌，命令岳飞退兵。岳飞只能挥泪班师，仰天长叹："十年之功，毁于一旦！所得州郡，一朝全休！社稷江山，难以中兴！乾坤世界，无由再复！"

难道一句"将在外，军令有所不受"就能抵挡吗？以前高宗和秦桧与金议和时，岳飞竟然提出"解罢兵务，退处林泉"以示抗议。高宗和秦桧派人再次向金求和，金要求"必先杀岳飞，方可议和"。秦桧乃诬岳飞谋反，将其下狱，以"莫须有"的罪名将岳飞毒死于临安风波亭，是年岳飞仅39岁。这是他一次次要求"精忠报国"的最后结局。岳飞"精忠"的近乎愚鲁，其子岳云也同时被害。最令人震撼的是岳飞13岁的小女儿，只身闯到秦府为父申冤，不得入内，遂投井自尽，以死抗争。此情此景，不禁令人泪湿衣襟。游人拍遍栏杆，感叹复感叹，真可谓满门忠烈，忠烈满门啊！

岳飞在我的印象里，其戎马生涯里充满了英雄主义色彩。据说他一生打了126仗，未尝一败，是名副其实的常胜将军。在抗击内敌的战场上却败得很惨。他心里只记得"精忠报国"，却偏偏忘记了"国"是皇帝的而不是他的，试想皇帝都求"丧权辱国"了，能容得你"精忠报国"吗？

正如明代的文徵明的《满江红·拂拭残碑》所吟："慨当初，倚飞何重，后来何酷。光是功高身合死，可怜事去言难赎。最无端，堪恨又堪悲，风波狱。"当代伟人毛泽东也曾评说："主和的责任不全在秦桧，幕后是宋高宗。秦桧不过执行皇帝的旨意。"连宋高宗赵构也承认"讲和之策，断自朕意，秦桧但能赞朕而已。"正所谓："笑区区、一桧亦何能，逢其欲。"

  沉重的历史使多少鲜活的生命或有价值的东西瞬间消亡或捣毁，宋金终归一统，英雄之死留作千古一叹。但是今天的解读者又怎能如此的举轻若重。让曾是权臣的秦桧们依旧跪在那里，依旧接受世人的唾骂和吐沫，愿天理不为尊者讳，其实，始作俑者宋高宗更应该受到审判。

飘逝的乐曲

在庸常的日子里，瞎子阿炳的二胡曲《二泉映月》几乎笼罩了我守望明月的每一个夜晚，久违的故乡总在这个时辰，不约而至地萦绕于我的脑际。我的故乡不在阿炳的故乡，没有清澈的泉水，但有明净的池塘，水面上同样泊着皎洁的月亮，也泊着幽忧的思念。

在我的潜意识里，《二泉映月》无疑就是一首触动心弦的思乡曲了。我感谢伟大艺人留下的艺术财富。想着后半生贫困潦倒的阿炳蹒跚在沿街乞讨的石板路上，走过一座小桥又走过一座小桥，渐行渐近的二胡曲将婉转的韵味弥漫于江南水乡的每一条街巷，昔日的无锡城便应着乐曲浮现出来。我只管沉浸在阿炳的音乐里，就能感受到小城美丽的景致；再静静地闭上眼品评，由景致触发的情致竟是一种美丽的忧伤。

当然，阿炳留下更多的是乐曲在诠释痛苦时所表现的平静和快乐，传递给人精神的抚慰和愉悦。突然那一天，我知道法国诗人波德莱尔曾经说过：带有韵律和节奏的痛苦使精神充满了一种平静的快乐，这是艺术的奇妙的特权之一。

我深信阿炳掌握了这个特权。但是这个特权还包括艺术的魅力，怎样使作品流传于世。新中国成立初期，是北京两位酷爱音乐的教授慕名跑到无锡，在阿炳去世前三个月赶录下几首曲子，其中就包括那首脍炙人口的《二泉映月》，这是阿炳的幸运，也是我们的幸运。

著名的匈牙利作曲家李斯特说："音乐可以称作是人类的万能语

言，人类的感情用这种语言能够向任何心灵说话和被理解。"当贝多芬的《欢乐颂》响起的时候，我们会被情不自禁地卷入欢乐的浪潮；当聂耳的《义勇军进行曲》响起的时候，我们会瞬间点燃满腔的热血……音乐就是这样，沟通着情感兼容着理想。生命中总有不期而至的旋律深深地打动你，久久留在灵魂的深处，甚至影响滋养你的一生。

然历史往往成为残酷的艺术，也会因不能容忍一个人而一并斩杀一首乐曲。任何一部伟大的音乐问世，无不饱含着深重的苦难与命运的挫折起伏，有多少华彩乐章随着历史云烟飘逝而去？我由此联想到才华横溢的嵇康，想到嵇康的神曲般的《广陵散》。

据史书记载，嵇康系三国时期魏文学家、思想家、音乐家，曾任中散大夫。他厌官场仕途，好老庄之学，"非汤武而薄周孔"。鲁迅称其文"思想新颖，往往与古时旧说反对。"尤其他善鼓琴，以弹奏《广陵散》著称。后遭小人谗言，被统治者司马昭判于死罪。在刑场上，嵇康突然想起身怀不露的一曲《广陵散》还从未示人，故仰天长叹：《广陵散》于今绝矣！他望见三千太学生拥向刑场徒劳地请愿，孤傲一生的他受到感动：难道就让这美妙绝伦的乐曲随生命飘逝吗？于是他向行刑的官员说：我要弹奏一个曲子。嵇康就站在刑场的高台上弹琴，霎时间沁人心脾的神秘琴声铺天盖地……一场痛快淋漓的心灵对话之后，嵇康从容赴死，时年39岁。

犹如黄鹤一去，被嵇康临终前弹奏的《广陵散》从此无处可觅。据说后来《广陵散》，历朝历代宫廷民间几经整理，但跨越一千七百多年，谁敢说如今面世的此《广陵散》就是彼《广陵散》？我想若是的话，不该这样默默无闻，早该轰动乐坛流传开来了！

《广陵散》的千古一绝是它的不可复制和替代，我们无缘分享这首名曲，只能面对悲哀的历史一边骄傲，一边遗憾。

此刻，我聆听着阿炳的《二泉映月》，怀想起嵇康的《广陵散》，却不知道，向谁才能追回那些飘逝的旋律呢？那是闪着魅力光芒令人魂牵梦绕的曲子啊！就像冥冥之中飘舞的不朽精灵，可想不可及……

江水之上

  我在长江三峡大坝还没合拢之前,乘上由重庆至宜昌的客船顺水而下,船在水上轻快地行走,与两岸的青山擦身而过,好似有了飞驰的感觉。

  不知当年李白赋诗"两岸猿声啼不住,轻舟已过万重山"的时候,是否正翘首仰望岸边的崖壁?如果将诗境还原于当初的情境,我想他应该就站立在江流涌荡的船头上。

  我之所以联想到他的诗句,是因为这一刻我正站在长江的船头。我相信唯有源于实地的真情实感,李白的诗才能像江水一样流传下来。我在两天两夜的江上航行里,除了停船靠岸走马观花地游览小三峡、丰都鬼城、张飞庙、白帝城等名胜古迹,就是睡觉、看书、打扑克或者质疑争论。有意无意间增长一些历史的人文的知识,均是于意料之中之外的事。

  船过神女峰时,和旅伴们大呼小叫地拍照留影,一起站在甲板上大声朗诵毛泽东的诗句:"截断巫山云雨,高峡出平湖。神女应无恙,当惊世界殊。"如今果真是应了伟人预言,三峡大坝建起来了,在世人惊奇的目光里,神女安然无恙,依旧执着地站立在那里,是等待心目中的白马王子么?女诗人舒婷好像看出端倪,她曾赋诗说:"沿着江岸/金光菊和女贞子的洪流/正煽动新的背叛/与其在悬崖上展览千年/不如在爱人的肩头痛哭一晚"。这固然好,痛快一哭使困顿的感情得以宣泄。只是为难,环顾左右,或你或我或他,凡夫俗子，谁又能提供神女痛哭一夜的爱人肩头？

　　自然的物象是足以叫人敬畏的了。此时此地的等待和守望，美丽的有些残酷，使领略的目光不由地战栗起来。

　　时间铸造永恒的景仰，以至于一尊石头，站立久了，站立成了有血有肉的女人，站立成了令人膜拜的女神。

　　渐渐地，我开始怨恨自己，也怨恨神女的无动于衷，想必是待在船上领略两岸秀丽风光，时间长了产生审美疲劳，见美不美了。就有些百无聊赖起来，几人便坐在船边聊天。我很随意地将双腿垂下去，不时磕打着船舷。突然我被一双有力的大手猛地拖上甲板，一看背后是一名船工，因为他拖痛了我，我有些气恼。问他为什么？，他说你这样太危险。我说有什么可怕的，这是枯水季节，江面也不过一百多米，我游过去没问题的。他说就凭你？然后拉我到驾驶室看江水的深度，竟然有100多米，吓了我一跳。他说，这是三峡最狭窄的区段，也是最湍急的地方。你想江水在两岸山峰的峡谷间穿行，你看水面上有多少漩涡，其间就该有多少礁石暗洞？人掉到水里就会像树叶一样被卷入水下，连人影儿也找不到。我一听，吓了一跳。常言："远怕水，近怕鬼"，想来深含哲理。

　　到了晚上，我看见长江上的船只，都将一束探照灯的灯光打在岸边水线处，于是琢磨出平行线的原理。想在漆黑的夜晚，向前望去，江面上茫茫一片，没有方向感。但只要等距离顺着江岸航行，就不怕江河的曲折。我把悟出的道理说给那名船工。他笑了，随口说古人云："不善操舟者，恶河之曲。"

　　我不好意思细问，回家翻书一查证，语出宋代周密的《癸辛杂识》。意思是说不善行船的人，责怪江河是弯曲的。我想，长江三峡是天地造化，鬼斧神工，竟留一条深长的峡谷供江水一路流过。那么常年在三峡上操舵行船的人，定是经风识浪的高人，那是因了人在船上，船在水上，水在天上。

月台的月光

最早读朱自清的散文《背影》，一位父亲感人的背影就永远蹒跚在古老的月台上。我知道原先人们敢情是把站台叫作月台的，那一刻，内心便有了被触动的感觉。

至今许多年了，在月光普照的夜晚，好像那一轮中秋的圆月总站在高天上歌唱：千里万里走不出我的思念。浮想联翩于大大小小的车站，却不知是谁赋予最初的颠簸以足够想象的浪漫？或许是缘自机车炉膛里腾起的一团火焰，或许是缘自汽笛发出的一声呼唤，或许是缘自信号闪烁的一道灵感，或许的或许……终归要由衷赞赏和感谢那位先知，给予了站台这样一个极富诗意的称谓：月台。

嘿，月台，月光之台。皎洁的月亮停泊在地上，难道不需要一个平台吗？想必是需要的吧！不然我们怎样能在人生的旅途屡屡在月台邂逅呢！

时逢中秋，唐诗宋词里升腾的月色意象果然曼妙唯美。人与人，车与车，人与车，彼此聚散在月光的平台上，好似悠然乘降于月色溶溶的梦境里，让路途的劳顿顷刻幻化成一轮月圆的心境。

那月台上的列车呢，列车就在时间的轨道上奔跑，拖着两条长长的视线，在月台与月台之间运载着永恒的月光，列车开走了，思念却留在月台上。于是我在他乡的月台相逢了故乡的月亮，我知道只要有多少人奔波在路上，前方就会有多少轮期待的月亮。

可是有多少年了，我频繁出入站台早已熟视无睹，无暇或不屑站台上曾经的月光。庸常的我只会随口一问："师傅，请问某某次进几台儿呢?"很轻易地省略了站台的"站"字。站台上的师傅一听这句"行话"，心里就知道我同样是一名铁路员工，也就随口一答，语气中透过一种又浓又淡的味道。

经常的时候，在站台上不经意间瞅见有人或重逢或离别，看到有人热烈拥抱，看到有人泪流满面，看到有人难舍难分，看到有人追着列车奔跑……我竟然冷漠得无动于衷，猛然间对自己有些陌生起来，难道以为经历了太多的相逢与别离，就可以任凭岁月的创面磨钝情感的触觉?

翘首张望来的方向，自己对自己说，等待着吧，等待一方月台升上心空，它要演绎人世间多少次月圆月缺、悲欢离合啊!

我相信30年前的月光依旧朗照着记忆的月台，我在万籁俱静的寒冷深夜里悄悄起床，赶到火车站去送别一位转业回无锡的战友。因为平素他是一个不善交际又沉默寡言的人，在部队办完一切手续后，谢绝了领导和战友为其送站的好意，推说还有一些私事要办。他的行程绝对保密，他自己是想不动声色地离开驻地，一个人承受离别的痛苦。然而他想错了，当他只身一人站在月台上，感觉心头袭来一阵不可名状的怅然和失落。这个时候他惊异地发现了我，我说今晚我好像有一种预感，我有些神使鬼差，就突然醒了跑来为他送行。他再也抑制不住自己，抱住我放声痛哭，那一刻泪水濡湿的月亮照在彼此的脸上，从此我们相距千里万里，再也走不出那晚的月光。

前年我到北戴河参加一个笔会，与一帮文友中流击水，激扬文字。夜晚到海边听涛声，看海上生明月，以明月抒情怀。短短几日如白驹过隙，会后大家告别在车站的月台上，大多匆匆握别，各自奔了南北东西，彼此的笑容也随风淡去。唯一记得一位年轻女孩与大家告别时噙满泪水的眼睛，美丽、含蓄、生动而透明。我看到了年轻时的自己，真为她也为自己感动。我知道真情已是异常奢侈，丝毫不忍也不敢嘲笑她的年轻和感性，生怕亵渎了人生中曾经拥有的最可贵的真挚和清纯……这些恰似中秋的月光。

今天回想起来，站台上流连有好多往事。时时刻刻的中秋月，心中的月台总是洒满皎洁的月光。

走过驼梁

在我最初的意象里，驼梁是模糊的，凭想象那山的造型一定酷似骆驼的脊梁，那梁上便是耸立的驼峰，那峰上便是秀丽的风光。我只是不知道这匹负重的骆驼，是将这风光由遥远的地方驮来，还是欲将风光驮向遥远的地方，总隐约觉得这座山应该深藏着一个美丽的传说。

这么想着，驼梁模糊的背景里便升腾起些许的诗意来，引每位游人到此总想着要挖掘或是寻觅到什么，不知不觉孕育了一场梦。记不得是谁说过，人最大的痛苦是梦醒了无路可走，庆幸的是我的梦一直未醒，与几位文友结伴而行，心中有梦，脚下有路，途中也就有了充盈的欢乐。

我们住在山下一个叫前大地的山村里，当地人并不清楚这个村名有无寓意。但我认为它的寓意是朴实而贴切的，因为这是紧挨山脚的一片大地了。后来一打听，绕过山去果然还有一个叫后大地的村庄，或许还有左大地右大地的村庄吧，总之给人的感觉这座山就是石头的村落，同样坐落在这片大地上，也可以说这片大地就托举着这座山。

村旁的山溪通向上山的道路，我们逆流而上，身边总有如练的溪水擦肩而过，它们匆匆的脚步一刻不息，遇上巨石拦路，或挥刀断石，或飞身跳崖，或迂回向前，在与山石的碰撞中尽显坚毅、勇敢和智慧。我知道这条溪流就是驼梁的血液，它在绘制了山的葱茏之后，还要去滋润丰腴的大地，还要去追寻入海的梦，不管遥远有多远……

水在石上淌，人在石上走。十几公里的山谷幽深幽深，我们边走边看边感叹，真是难以置信，依次分布的三叠瀑、通天瀑、人字瀑、五指瀑等几十处大小瀑布，浑然构成北方山岳景区罕见的瀑布群景观。我站在瀑布前，扑面而来的感触是生命的意念和蓬勃的意象。可以说一座山只要有水就活了！我刻意驻足在瑰丽的三叠瀑处，这是享有"华北第一瀑"之誉的瀑布了，据说落差达150多米，最为壮观。可惜当时我们在秋雨霏霏中，雨水模糊了仰起的视线，更无从奢望领略那水雾蒸腾的彩虹了。

我们在山中走着，沿着山谷，像走在大山的皱纹里，依稀见到刻在石崖上的文字，以石头的不朽猜想着若干年后风雨注册的沧桑。我在突感到人生短暂的一瞬间，心绪竟深入石头的纹路。据说善于形象思维的祖先喜欢以生物的特性来界定长生不老之道。他们凭着直觉轻蔑花草树木"埋之即腐，煮之即烂"，不知有多少炼丹师被权杖驱赶着走进深山。他们翻检石头，梦想着"籍外物以自坚固"，燃起各色烟火焚烧石头，提炼石头的精华，并以人的模式划分山石的性别，乞求生命在阴阳调和中获得永恒。只是无奈，吃了丹药的帝王还是腐朽了。而石头的灵魂始终躲在细致的纹路里静观不语，这山是神秘的，这山是诱惑的。

面对大山我顿有所悟，山是需要阅读的吧。我深信山是一位沉默的智者，它的阅历足以陈述世间的变迁。只是它不说，它不需要说吗？但我断定，山在沉静地注视着我们……

我发现驼梁的石头大多采取一种守势，只有极少的石头突破植被与谷峰涧底的水流对阵，结果被水流雕琢得千疮百孔，被艺术塑为千姿百态，令游人们惊叹鬼斧神工。溪水在山谷跳跃行走，沿途或形成深潭，便是传说中能藏龙的潭；或形成浅池，便是驼梁人称之瑶池的池。青山秀水拉近了天上人间的距离，通幽的山涧一时氤氲在仙化的心境……

其实，人在驼梁游，沟谷、溪边、道旁自然生长的奇花异木，也足以赏心悦目了，只是人们多受目标的牵制而无暇顾及，心仪直指驼梁的山顶。看资料介绍，驼梁主峰高达2200多米，当我登上山顶，只见这匹想象中的骆驼长了一个宽宽的脊背，实际上就是一个山顶花园。极目四周，野菊花居多，黄蓝紫白……烂漫山花竞相绽放，便有了几分陶醉。心里想，无限风光也未必都在险峰吧！我听人讲，驼梁的中秋红叶是一大自然景观，盛期要比其他景区早一个月的时间，那时天高云淡，层林尽染，远山红遍。五万多亩原始森林，枫树、黄栌等树种，一经秋风秋雨的洗礼，涂满鲜红、绛红、紫红等浓烈油彩，借以松林墨绿色的映衬，便绘就一幅金秋画卷。浮想联翩中经人指点，顺势望见不远处的山坡上，早有红叶迎风招展，像一片热烈的红云，又像一片挥动的手臂。我想说，虽然我们早来了半个多月，但驼梁红枫情深义重。驼梁红叶，你是季节的叛逆呢？还是秋色派遣的使者呢？

　　受一处阎锡山旧工事的吸引，我们在驼梁上疾步而走，阳坡上密密麻麻的松林，每个枝条上都挂着晶莹的水珠儿，犹如一片浩瀚的天然水库。山坡上飘动的白雾，形成滚滚的云烟，就像夏日里空调喷出的冷气，令我等浑身发抖，想到仅百里之外，我那喧嚣的都市依然溽热未消，感叹诗人吟咏的"环球同此凉热"是多么富于浪漫和幻想。我们在冷风冷雨中彷徨着坚持着，终于找到那个旧工事，这是阎锡山旧部当年残留的一个屯兵洞，昔日硝烟早已遁去。未抱太高的期望就没有太大的失望，只是当初人们绝不会想到服役的旷野之所竟也吸引了今天造访的脚步。站在山顶上，我不敢想到永久的占领，只是求证了一次人应有的精神海拔。然后该想的字眼儿便是凯旋了。

　　回城的路上，我难免陷于沉思：驼梁上有石有水有花木，喜欢什么呢？石坚固，却没有表情；水执着，却没有形状。还是选择做一株会走动的花木吧！于一枯一荣之间，开出自己的花来，结出自己的果来。然而，心绪却在驼梁流连往返，回眸拥有溪流翠影的山谷也颇具黄山翡翠谷的盈盈秀色。虽说驼梁缺少大名气，她的淡远宁静更能动人心弦。而有的名山往往被名声所累，屡经品题只是徒增了过多的人文痕迹和市声喧嚣，恰恰少了天然清纯的质地，若再有供众生顶礼膜拜的庙宇，终日香火缭绕，更重了常有的雷同和俗浅。或许驼梁正是一座保持了童贞的山，给人以放飞心性的无限空旷和灵澈，教我对石涛的"不识年来梦，如何只近山"又增加了一层感悟。

天池寻梦

早就知道，在海拔两千多米的长白山巅上，有一汪碧水叫天池。在我没去之前，它在我的想象中是神秘的；在我去了之后，它在我的心目中是梦幻的。站在天池东岸的山顶，极目环望，一种从未有过的令人瞬间失语的异常氛围顿时笼罩了我，大家都惊呆了，一颗颗躁动的心被袒露的峥嵘岁月所定格所震慑……

哎呀，天池简直就是一个梦境。尤其从上向下俯视时，一片云雾就能营造一层梦境，一缕霞光也会幻化一种梦境。即使倚岸临风，依然感觉它还是遥不可及的梦境中的梦境。此时的天池被灰墨色的群峰环抱，逐渐消融的积雪镶嵌在崖壁上，远远望去，就是一幅天然的水墨长卷。静静的碧绿的池水纹丝不动，好像水中没有任何生物，宝石一般闪着神秘的光芒，是那种冷峻静穆的圣洁的美。

其实从美学的某个角度说，天池的美，要数那种罩着薄雾面纱的朦胧美。听当地人讲，长白山天池每年云雾缭绕的时间有260天之多，全年只有几十天的无霜期，春秋冬季冰雪覆盖，夏季雷雨风暴常有。一路上我们祈祷着，不敢奢望观赏到天池那恰到好处的遮掩适度的朦胧美，但愿能清晰地一睹天池俏丽的容颜。也算我等幸运，受上苍的偏爱，我们在六月时节的造访，竟赶上一个少有的风和日丽的好天气。我们的视线和心性停留在蓝天碧水间，望着这片巨大的火山谷地，四周冷凝的熔岩赤裸着火熏的肌肤，禁不住思千古之悠悠。试想若干年前，这里该是怎样一种烈焰冲天的喷发景象！试问今日，谁又能真切领略和准确解读无边时空所陈列的沧海桑田？

长白山天池蕴藏着一个久远的神话。相传美丽的天池是玉皇爷三太子丢在凡世间的一颗明珠，由十六位天神化作十六座山峰护卫着。有一天三位仙女飘落到池中洗浴，当三姐妹正要上岸披衣时，忽见一只喜鹊口衔一粒红果飞来，红果正好掉落在小仙女的衣衫上。小仙女见红果晶莹可爱，穿衣时将红果含在口中，不料一下咽进肚里，她顿时有了身孕。二位姐姐只好飞回天庭，她自己留在了长白山。然后她生下一个男孩儿，一落地就会说话。她把自己的故事告诉儿子，将儿子放在一叶小舟上。这个男孩儿乘河漂流下山，等漂流到长白山东南方时已长大成人。那里的三个部落正激烈交战，这位气宇不凡的年轻人告示部落的人们，他是仙女之子，是上天派遣的统领。他平息和化解了部落间的纷争，被推举为国王，这就是大清帝国的远古始祖。

或许这个传说，现代人听来并不感到惊奇，因为历朝历代的统治者大都拥有大同小异的类似传说，以证其毋庸置疑的真龙天子身世。我只是觉得某些开国皇帝编撰的其母与一龙身梦交所生的故事，远没有这个传说更富有童话般的美丽和浪漫。

在东岸制高处，我们饱览了天池全貌之后，有人提出要爬上长白山的北坡去看天池。经过一个多小时的艰难攀登，天池的北岸风光展现在眼前，厚重的积雪正在融化，雪水形成银练般的山溪和瀑布。这里没有一棵树木，却生长有大片的高山杜鹃，虽说我们来的早了些，还未到杜鹃的花季，却见有零星的绽开，肥厚的墨绿的叶子，小小的白的黄的花朵。在接近天池水时，我发现天池一下子变得亲和起来，池水依然如镜，已不见池水的深邃，忘记了天池水有 300 米之深 10 平方公里之阔，忘记了有关池中怪兽的传闻。缓缓的浅滩上，有人挽起裤管进入清澈的池水。我以手掬水湿了湿脸面，却不忍用天池水濯足，感觉太奢侈了甚至有了亵渎的意味。此刻就只能静静地坐在池边上，天池沁漫了我所有的梦境。

归来时，我带回了一块儿天池上的石头，我相信它是亲历过火焰亲历了变迁的生命。把它放在书桌上，静夜里，想在梦中听它讲天池的神秘……

草原四章

一、草原彩虹

七月，我去了内蒙古锡林郭勒草原，有人说我是在最好的季节去了最美的草原。

锡林郭勒是不是最美的草原不敢妄言，但满大街叫卖的"锡盟羊肉"的确打的是锡林郭勒盟的招牌。试想，能盛产味道鲜嫩羊肉的草原能说不是水草丰美的草原吗？至于蜂飞蝶舞的七月那肯定是草原最好的季节了。

然而，七月的大草原给予我的惊异不只是连绵起伏的满眼绿色，更有意想不到的夺目景象：在一幅展现"蓝蓝的天上白云飘"的无际画卷上，不约而至的彩虹总是悬挂在前方的天空，就像草原神女漫天挥舞的多彩长袖。令人猜想：除了大自然的生态神笔，还有谁能勾勒出如此美艳的意境呢！

草原几日映帘的彩虹，足以抵过我几年所见的彩虹了。而且是那样近，那样真切，好像七种色彩只凭肉眼都能分辨开来似的。我知道这彩虹只是大草原一个转瞬即逝的眼神儿，折射的是一个马背民族灵魂深处的神采与光芒。我望见明净如童贞的天空上自由地翱翔着鹰的翅膀……

面对彩虹的召唤，游客们和我一样激情万丈，大家大呼小叫着一起在草原上向前奔跑，奋力追赶着彩虹，真想亲手摘下一道拖地的彩练。而看似伸手可得的彩虹总在前方……

　　人们在一大片白云般的羊群旁停了下来，大伙儿纷纷拿起相机，草原、羊群、蓝天、彩虹凝聚美好的瞬间，随即四散，各自采摘心仪的野花野果去了。我只想留下来与那位牧民汉子交谈。他骑一匹枣红色的蒙古马，身披一件黑色雨衣，俨然传说中的武侠。我问他为什么要披着雨衣？他说不知道是多雨的时节么？他告诉我草原上空的一小片不起眼儿的云彩也会落下一阵雨来，一天不知要淋几场雨呢！对呀，不然怎么会频频出现绚丽的彩虹呢！

　　我想骑一骑枣红马，牧民朋友豪爽地答应了。我一跨上马背，就感觉到马的鬃毛立时耸立起来，周身的肌肤紧绷着，犹如一张待发的强弓，毫无疑问，我便是那支即将射出的箭了。这时有同伴儿奔了过来，高声喊叫："不能骑呀，危险！"好在马缰还在牧民手里攥着。一时间我陡然胆怯，意识到这是一匹真正的烈马，不比那种寄养于旅游场所专供游客坐骑的道具马。它的血性足以骤然间化作一团呼啸飞驰的火焰，只可惜我不是与其匹配的矫捷骑手。

　　转眼之间，强悍的蒙古汉子跨马提缰，烈马一声长嘶飞奔而去。只见那匹枣红马沿着羊群的边缘划过一条优美的弧线，成了一道流动的虹……

　　在一片赞叹声中，头顶的一小团云彩落下雨来，而阳光依旧照耀着草原。这是一场太阳雨啊！金闪闪的雨点儿在绿毯似的草地上跳跃。仅仅片刻，雨停了，我们的眼前又挂起一道崭新的彩虹来。

　　有人触景抒情，说这彩虹是一座爱的桥，说这彩虹是一条七彩的哈达……我默默地望着彩虹，除了联想到爱情，更联想到家园、生命、祈祷、经幡、图腾……

　　啊，草原上的彩虹，你是被泄露的天机吗？

二、草原的山

在锡林郭勒草原，热情好客的主人刻意安排我们去了一趟黑山，这在当地草原已是很有名的山了。

汽车停止了颠簸，大家四处观望，起起伏伏的大草原上好似涌起一个个绿色的波浪，这是一种岁月凝固的波浪。如果说，偶然卷起了一个黑色的浪头，那就是黑山。

这也叫山吗？

游历过名山大川的人们有些大失所望。然而山脚下烂漫的野花和隐蔽其间的鲜蘑菇不失时机地调动了人们的情趣儿。我留下来看山。

手头上没有黑山的详细资料，不能知道它的确切高度，凭借肉眼观测，从山脚至山顶大约也就百米左右吧。说心里话，它只不过是一个小山丘儿。但在当地是不多见的，它那黑褐色的石峰突兀于辽阔的草原，确有超凡脱俗的气势。黑山上没有植被，那些经年的石头被四季的风霜雪雨洗刷的异常洁净，在阳光的照耀下闪着冷峻的光芒。

这一刻给我的感觉，草原的山是肃穆的，草原的山是神圣的，这是鹰落脚的地方。

我审视阅历沧桑的岩层，发现这山是从草原底下拱出来的。在厚重的土壤里它或许只是一粒破土的种子，刚刚萌发寓言的幼芽儿。这里的花草一枯一荣重复着，这里的人们一辈一辈生息着，这里的黑山一毫一厘生长着。今日的草不是昔日的草，今日的人不是昔日的人，今日的山仍旧是昔日的山。

因此我要说，黑山是苍老的，黑山是年轻的。

我盘坐在石头上，看身边走过的红男绿女，他们手执一束束干枝梅，据说这是黑山脚下特有的一种花，象征着浓缩的坚贞和爱情，就像这黑山上的石头一样少有水分。忽然联想到，蒙古族青年谈情说爱的敖包，为什么要用石头堆砌呢？敖包相会不就是守着一座石垒的小山吗？山盟海誓是想请唯一在场的石头作证吗？

草原人选择石头，或许就是选择牢靠，忠诚的石头是不会轻易叛逃的。

我们知道很久以前，由于没有参照物，在茫茫的草原上行走是难免迷失方向的。先人们就捡拾石头堆在一起，这就是最初的敖包。后来成了部落领地的界标以及征战、迁徙的路标。今人无法想象最初敖包寓意的原始、空旷与荒凉，唯有一曲《敖包相会》的情歌悠扬地演绎着敖包萦绕的温馨和浪漫……

恰在不远处，青春靓丽的女导游正带领着大家寻觅可以搬动的石头，人们各自怀抱一块石头，依次绕敖包转三圈儿，口中念念有词，心在祈祷，然后尽力将石头垒放在敖包的顶上。据说谁能放到最高处谁就能获得爱情和幸福。

我想，这敖包凝聚着一个个心愿，一定会愈来愈高愈来愈大。而眼前的黑山不就是草原上最高最大的敖包吗！一个敖包就是一座山啊！草原上的山都在长呢！

三、草原的水

我在锡林郭勒草原上流连，看见碧绿的草就自然想到清澈的水，印象中的游牧民族总是逐水草而居，苍凉的歌声里缓缓走过笨重的勒勒车和迁徙的牛羊，就像定格于脑际的一幅画。当然今天的牧民游牧范围也仅限于自己所属的草场了。在牧场随处可见大大小小的湖泊，蒙古族语叫作淖尔。虽然牧民们在定居的大本营打了水井，淖尔仍是草原人畜饮用的主要水源。草原的湖水是天赐的圣水，既是在盛夏的季节，也不见有人下湖洗澡。草原的湖泊是大地的眼睛，容不得一丝尘垢，明净的湖水静静地凝视着蓝天。

这里的草原有丰富的地下水，不少地方喷突着知名或不知名的泉水。在巴格巴旗我见到了一种奇特的矿泉水，这是当地很著名的圣泉。传说泉水是神的眼泪，保佑着人的健康和幸福。远远的，望见漫天飘舞的经幡，我知道那是一个牧民朝圣的地方。渐渐近了，见一排干打垒的泥土屋上赫然写着"疗养院"三个大字，于是有人窃笑。谁能理解在繁华浮躁的尘世间会有如此一方心灵净地？慕名而来的人们疗养之意不在肉体的疗养，辽阔的草原不正是一个远离尘嚣颐养身心的首选之地么！

我看着拜访的牧民默默地走来，他们一律简朴的装束，赤红色的脸上无忧无喜，虔诚的眼神近乎呆滞，矜持地诠释着对神的敬畏和信赖……

泉的四周长着茂盛的草，像神泉绿色的睫毛。微风吹拂，神的眼睛好似一眨一眨，一股圣水涌出，经一端竹筒流入池子内，随后四溢开来，渗透草原大地。

神泉旁簇拥着人群，牧民们纷纷挽起裤腿站立水中。有人用水桶往头上身上浇水，有点儿像傣族的泼水节；有人往脸上身上抹泥，一转眼涂成了黑黑的包公。没有谁取笑谁，神圣不可亵渎，驱邪祛病的泉水是神的秘方。

犹如一次洗礼，我掬一把圣水洗去了几日的倦怠，顿时容光焕发，接过主人盛满泉水的杯子，真想痛快淋漓地涤荡一腔肺腑。杯中的泉水冒着泡沫儿，像啤酒又像雪碧饮料，喝进嘴里极富刺激，具有清凉、麻楚的感觉，没有人能够大口畅饮。听人介绍，这是因为巴格巴旗泉水含有多种有益的矿物质的缘故。于是大家拿来旅行杯等盛水的容器，想把神泉之水带走，好让家中亲友分享。可惜仅仅 10 分钟，人们发现泉水奇妙的味道全跑光了，喝入嘴里又苦又涩。半小时后竟然与普通水毫无二致了。

我没有觉得失望，只有恍然的大彻大悟。这就是草原的水啊！神奇的水，没有人不想带走，也没有人能够带走。草原的水是属于草原的，属于一个繁茂的民族，也属于一个流传的寓言……

四、草原的酒

在锡林郭勒草原不喝酒是不合时宜的，牧民的毡房里和嘹亮的牧歌里都飘着酒的芬芳。

我们在当地主人的安排下，一行几人来到朱氏牧场，一打听朱先生原是北京当年来草原插队的知青，如今一块儿来草原的同学早已回城了，唯有他和妻子留了下来，屈指一算在这里也生活近40年了。用他自己的话说已是地道的草原人了，尤其毋庸置疑的是他那张草原人特有的黑红脸膛还有和草原酒一样的豪爽性格……

我和所有初来草原的人一样，好奇心萌发于大草原的神秘。此刻正是黄昏时分，夕阳的余晖将整个牧场镀得金碧辉煌，一座座蘑菇似的蒙古包顶着锦绣的光环。人们被环绕着，像走进梦中的童话里，一时间忘了年龄忘了身份，童心未泯的欢乐渲染得大草原浪漫而纯情。大家或是善意地嬉笑打闹，或是穿上蒙古族服装互扯在一起拍照留念，或是向着大草原大声呼唤，将海浪般的心情铺张成无边的斑斓和无际的澎湃。

夜幕降临，蒙古包内的盛宴开始了。在马头琴奔放的旋律中，走来两名身着艳丽服装的蒙古族姑娘，她们手捧洁白的哈达与醇香的美酒，唱着悠扬动听的迎宾曲，依次向客人敬献哈达、美酒和祝福。在真诚饱和的氛围里，每个人都不推辞也不能推辞。不论男女不讲条件，大家一律爽快地接过酒碗，一饮二饮或是三饮而尽。"金杯啊银杯啊举过头，请您喝个够"，歌声甜美的蒙古族姑娘举着酒杯来到我的面前，我仔细一瞧，这是一只刻有精美花纹儿图案的银碗，足足盛有三两54度的草原酒呀！稍作犹豫，就有人催促说，这酒可不能不喝，尤其不能辜负蒙古姐妹的一番敬意啊！我唯有一饮而尽了，学着别人的样子，手指点酒弹拨三下儿，敬天敬地敬主人，顿时一团烈焰燃烧胸膛……

这时，牧场上的篝火晚会将草原夜空照亮，远远望去，狂欢的牧场就像笼罩在一个光的帏帐里，我簇拥着火，我就是其中的一缕光芒。我看见蒙古族青年优美的舞姿在忽明忽暗的光影中亦真亦幻，骏马的奔驰与鹰的翱翔都是灵动的意象。

我就是绿色涌动的血液，我就是青春勃发的草原，我以踉跄的舞步走进至纯至圣的精神境界，毫无顾忌地袒露思想的根须和灵魂的质感,任厚积薄发的情感舒展被压抑被折叠的生命宣言:盛情洋溢的草原酒啊!盛满月亮和思念,盛满歌声和祝愿,盛满忠心和赤胆,盛着整个大草原啊!

喝草原的酒,人在似醉非醉之间。我不知道,我能否醉于手扒肉的鲜美,能否醉于奶茶的香甜,能否醉于舞姿的缠绵,能否醉于马头琴的眷恋……也许,草原上没有醉人的酒,却没有不醉的人。

我从天坑归来

天坑是大地上的奇观。

大地坍陷了怎么能说是天坑呢？我站在偌大的天坑边上，就自然而然地去想：如果飞到高高的苍穹向下俯瞰，点点天坑就散落在群山里。此前，我总认为天坑是由于天上的陨石坠落砸在地球表面所形成的凹陷形状。当我真的面对天坑的时候，才知道所谓天坑大概意思就是天然形成的大坑。应该是多少万年前呢，在连绵的群山中突然裸露出一个个巨大的坑来，四周伟岸的峭壁如斧劈刀削般森然直立，远远望去，好像大山正张着嘴巴对着苍茫的天空无声地呼喊……

这种奇异的天坑景观，就是大自然展示给人类的神奇造化之谜么？

我有幸造访的广西乐业"天坑群"，最引人入胜的是被称为"大石围"的世界级特大天坑。民间素有大量扑朔迷离的猜测和传说，更是为它增添了许多神秘的色彩。引用专家测量的准确数据：天坑的深度为613米，坑口长为东西走向600米，宽为南北走向420米，其坑底面积达十几万平方米，垂直高度和容积居世界第二位。真叫天大一个坑啊！

我沿蜿蜒向上的山路抵达山顶，大石围果然像一只巨兽一样张着大嘴展现在眼前，在漫山的葱茏中愈发触目惊心。我小心翼翼俯瞰下去，坑壁是呈三角形的，黄褐色的峭壁几乎直竖而下，峭壁底部像一个平锅底似的，生长着茂密的原始森林。

听当地的老乡说,这并不是大石围的坑底。大石围的下部还有一个洞口,那是地下暗河的入口处,也便是天坑形成的谜底了。其实就是山石在暗河经年的冲刷下发生变化反应,以至山体悬空后塌陷形成了天坑。可以说,上若有天坑,下必有暗河。

如今,人们已经找到了大石围暗河的出口,由此一直流向乐业境内的百朗大峡谷而成为一条地上河。从坑底的洞口进去,两条地下暗河在里面交汇,将手探入暗河的水中,两条河流的水温竟然一冷一热两重天地。就着灯光可以看见,河岸有金黄的沙滩,还有形态各异、花纹美丽的鹅卵石。河中的水清澈透亮,游鱼繁多。因暗河无光,鱼的眼睛已逐渐退化成一个小黑点儿或一条小缝儿,成为一种形似鲶鱼状的盲鱼。

我在感慨时光残酷的同时不得不惊异生物的神奇和坚韧。据说马里亚纳海沟是地球上最深的海沟,在近万米的深海下依然有鱼类有滋有味地享受着黑暗,它们承受着几百个大气压的压力,同样生存得淡定而有尊严。有人感悟说,黑暗和苦难沉积成沃土,最适合顽强的生命。

最易形成天坑的溶洞构成天然的地下网络。我有缘下到附近一个富有爱情神话的罗妹洞里,领略了一种由动态与静态水流环境形成的独特岩溶景象,看到了或缓或急流动的神力般的暗河,看到了暗河冲击出的如苍穹的巨大溶洞,看到了溶洞里悬挂的亿万年的钟乳石,看到了洞底积淀的美轮美奂的"莲花盆",那是因其形状酷似舒展的睡莲而得名。我还看到了数量众多的"穴珠",这在国内也是尚属罕见的。"穴珠"是碳酸钙在一定地质条件下着附在某一内核上形成的石珠子,其成因和珍珠相似。满地的"穴珠"在灯光的照射下熠熠发光,犹如繁星点点,非常迷人。

置身其间,禁不住由衷感叹:别有洞天,洞中仅一瞥,世上越万年啊!只是当听到脚下的暗河发出喧嚣的流水声时,我的心微微有些发颤,下意识地担忧是否瞬间突发沧海桑田?遂将脚步放得很轻很轻,担心脚下被突然踩出一个新的天坑来,生怕惊醒了那个远古沉睡而蛰伏灵动的长梦……

在挥别天坑的山路上，我看见三五成群放学回家的孩子，只要遇上观光的汽车或人群，孩子们都会自动地停下脚步来，立正站在路边举手敬礼，这在当地成了一道风景或曰尊成了一种规矩。听说这是缘于"希望小学"老师的教导，理由是凡来山里游历的人，都是给山区带来财富的人，应该表示感谢和敬意。骤然之间我的视线模糊起来，回望大山一样淳朴的乡亲，有一种天坑临风的苍凉之感掠过心头。那一刻，耳畔竟悠然飘来壮族姑娘婉转的歌声："回头路上问几声，今日走了何时来？莫叫路上起青草，莫叫脚印生青苔……"

哦，我刚从天坑归来，又何时重回天坑去？

列车张开翅膀

七月流火,我乘上京津城际快速列车就有了飞一样的感觉,一路上心清气爽。车窗外所有地面建筑、树木、车辆和人……统统被飞行的速度涂抹成一道道风驰的流线。

这是在7月6日上午,北京奥运会前夕,我有幸参加了铁道部文联安排的"京津城际铁路考察采风活动",与铁道部领导和路内外知名文艺家、作家、摄影家、书法家以及各大新闻媒体的记者一路同行,共同感受了快速列车给人的身心舒适和愉悦。当列车从建设中的北京南站很轻盈地开出后,我不由地环顾车况及氛围:宽敞明亮,清洁安静,高速平稳,和谐温馨,用在场的著名词作家阎肃老爷子的话说,这叫一个享受!

说话间,列车张开无形的翅膀,像箭矢一样飞驰向前。

这一刻我真切地感知到,速度不再是一个名词。尤其在快速轨道衔接的城市之间,在迅速缩短的距离之间,速度显然骤变成一个意象动词,它很自然地使我联想到并体验了一个动感十足的名词——动车组。

据了解,京津城际铁路是中国第一条高标准铁路客运专线,也是奥运会配套工程。7月1日试运行,8月1日正式运营。设计最高时速为350公里。运行后,大量开行时速300公里的CRH2型动车组和时速350公里的CRH3型动车组列车。京津全程直达运行时间控制在30分钟内,列车最小行车间隔3分钟。可以想象随着这条客运专线的开通，快速列车将京津两地连成一体，犹如演绎一个神话似的：上车前在北京买一份"全聚德"烤鸭，车到天津吃起来依然是新鲜出炉。或是上车前在天津买一屉"狗不理"包子，车到北京吃起来保准还正热乎着呢！

只在说话间，列车张开无形的翅膀，已经飞越内心的异域屏障。

我正遐想着呢，列车服务员告诉大家列车已经抵达天津站了。有人说列车运行了 26 分，也有人说运行了 25 分钟。我想现已运营其他的动车组时速约 200 公里，北京天津间需运行一个小时左右，就已经感觉非常快捷了。而这趟列车的时速又提高了 100 多公里，仅运行 20 多分钟就跑完全程，足以说以令人惊奇的神速驶入了飞行的概念。

在停车间隙，著名诗人雷抒雁、歌唱家吴雁泽和著名演员朱琳女士等围坐在一起，大家谈论日本的新干线，也有人说起在国外或某地乘坐过磁悬浮列车，也就是这样的速度好像起伏较为明显，不如这趟列车更觉得平稳。随后，著名书法家潘传贤先生和另外几位书画家一起，共同在运行的列车上挥毫舞墨，分别以自己的优美作品印证了这一判断：列车运行真的很平稳。飞速的列车突然牵引出时间的一系列词汇：刹那之间，须臾之间，片刻之间……让人思量仅仅 20 多分钟的路途，其间能够读几页书？能够发几条短信？能够品一杯香茗？或者能够闭目养神与深思一刻？恐怕只能够仅此而已亦并非如此而已。

毋庸置疑，在我人生的旅程中，列车速度压缩了时间，宝贵的时间就意味着为我扩充了生命和财富。其实谁都知道，从 18 世纪后半叶瓦特发明蒸汽机开始，直到今天研制成功的快速动车组，创造历史的人们都在以速度与时间竞赛，希冀着也能在大地上飞翔，应该说是铁路人所追求的伟大理想。于是有一首脍炙人口的歌曲《天路》在传唱："像一条巨龙翻山越岭……"都知道这是在形容在天路上行驶的列车呢。我甚至想起写过《洛神赋》的才子曹子建笔下也曾有过"翩若惊鸿，婉若游龙"的生动句子。很形象的，人们只需要稍微展开想象，将飞奔的列车比喻成一条巨龙是再平常不过的了，而传说的中国龙恰恰是能够飞翔的啊！

位　置

　　我的书房地方不大，三个书柜占去了不小的地方，书柜占了书房里的重要位置。

　　日积月累，书柜里的书多了，书占了书柜里的重要位置。自己购买的，别人赠送的，甚至单位派发的书，渐渐填满了书柜的空间。遇有新书购进，就必须请出以往的旧书，其间的去留颇费纠结。那一天，我无意间瞅见夹藏在书册间的一本薄薄的小书，这是十几年前风靡一时的一个小册子，书名就叫《没有任何借口》，我竟然毫不犹豫，随手将其清除出去。

　　我为什么不肯让这个小小的册子占有一席之地，哪怕仅是一丝小小的缝隙呢？

　　这个被曾老友的领导极力推崇的小册子，单位几乎人手一册，老友同时送我一册。我用两个多小时浏览过一遍，感觉没有什么深奥或新颖的东西，只是多了强加于人的说教或者生硬硌牙的口号，所谓价值据说来自美国西点军校传授予学员的第一理念：服从是行动的第一步。强化每一位学员想尽办法去完成任何一项任务，而不是为没有完成任务去寻找借口，哪怕是合理的借口。于是迅速从军校教材扩大开来，又被冠以是美国人写的"最完美企业员工培训读本"，真可谓每一个字都说到了老板的心坎儿里了。理所当然成了老板给员工洗脑的工具书，并相继催生了一批"没有任何借口"、"没有任何理由"之类的热销书。再后来这本书被揭发为伪书，该书的美籍作者子虚乌有，实际作者竟是一家策划公司的自由撰稿人。所谓的企业文化或曰员工思想教育被忽悠了好一阵子。

这个小册子来路不正，我不想给涉嫌欺骗者留下任何位置。

老友说，当时为了配合说教，领导还撺着大伙儿外出去应聘去找工作，亲身体验一下就业的艰难，从而更加珍惜当下的岗位。当时这样做也无妨，大家也能理解领导的苦心。最不能忍受的是某个领导坐在主席台上，俯视众生，颐指气使，大有一览众山小的感觉，一味地冷嘲热讽，好像唯有自己才是不可或缺的栋梁之材。于是有人就低声抗议说，你以为你是谁呀？出了这个门儿，你去找工作，找个看大门的活儿，人家都不一定要你！因为你老眼昏花，腿脚不灵了。哪里也不缺领导，你以为离开这里，你就能轻易找到领导位置吗？

说到底，人总是习惯无视他人处境，难免坐着说话不腰疼。这就引申出一个有关位置的问题。位置很重要，大大小小的办公室，汽车火车的车厢，人是有位置需求的，位置决定人的角色，位置也决定社会的认同度。我们且不说伴随某个人官场职位的跌宕起伏，由此演绎的位高权重或身微言轻，就说没有国界的音乐吧，就说有国际范儿的演奏家吧，展现的位置或表演的舞台同样重要。

记得几年前，听说美国《华盛顿邮报》搞了一个"社会实验"。其构想是，在一个平凡的环境与不适当的时间里，人是否会意识到美？是否会停下来欣赏？是否能够在不预期的环境下，鉴别和察觉不凡的才能和艺术？

那是一个寒冷的早晨，8点高峰期，在美国华盛顿朗方广场地铁站的垃圾桶旁，一个貌似落魄的流浪汉在拉小提琴。43分钟的时间里，他演奏了6首古典名曲。经过他面前的有1000多人，绝大多数对琴声毫无反应，只有27人被吸引。但这当中多数人听了数秒之后就转身而去，只有7人停下来欣赏了1分钟的样子。没有任何掌声，也没人喝彩，倒是有人怜悯出手施舍，最后清点收获，共得到32美元17美分。没有人意识到这位"流浪汉"就是约书亚·贝尔，堪称美国最著名的小提琴家之一。而就在两天前，他刚在波士顿歌剧院举办过轰动乐坛的演奏会，门票平均售价100美元，旋即告罄。他手持的是一把意大利名琴，由 17 世纪制琴大师亲手制作，估值数百万美元。此外，他还曾入选《人物》杂志"全球 50 个最俊美的人"。

这个实验结果说明了什么，说明任何大家都需要一个正确的位置，包括与演奏家相匹配的音乐环境和氛围。当一个极受追捧的演奏家被剥夺了这一切，只剩下音乐本身时，他却被屏蔽了，被忽视了，被涂改了，被埋没了。

这结果不免让人悲哀和沉思，你离开那个位置你什么都不是（有人曾对央视的某个主持人说过此话）。又有人说，谁能知道呢，这样一个大牌演奏家会站在那个地方演奏呢？可惜了，音乐不是一种心灵语言吗，难道没有什么魅力感召你吗？

有时候，我经过北京地铁站的长廊或是过街地下通道时，总会自觉不自觉地留心一下，这里是否也会有一个大牌演奏家在拉小提琴，奢望有一场难得的音乐邂逅。想想，做梦吧，也仅是自己一个幻想而已，因为不可能，这里远不是人们心目中的艺术殿堂。

大大小小的殿堂都是有台阶的。人居殿堂之上，能关照到江湖之远毕竟要有大胸襟大境界才是。最不该的是有人精通怎样能坐上想要的位置，而偏偏没能力又不想担当起这个位置上的职责。

我有位，故我在。位置说明存在的事实。在这个世界上，每个人都拥有自己的位置，只要是正当的职业，哪怕只是赖以生存，这个位置都值得珍惜。如果能够造福于社会，这个位置就是神圣的，是不容位置上的人随意亵渎的。

其实，处在不同位置的人，用不着那样高压手段，用不着那样耳提面命，让人心悦诚服，按规矩做事，凭良心干活儿，不辱使命，不尸位素餐，就能成就一个爱岗敬业之人。同样也值得大家的尊敬。

人生是神写的故事

人生是神写的故事。这句话是那位先哲说的？我记不清楚了。但随着年岁和阅历的增长，我对这句话的理解愈发觉得有些深刻了。我确信无论伟人或是凡人的一生，其间都不乏神写的故事。譬如说我的奶奶。

仔细算来，奶奶与伟人毛泽东同庚，1893年生人。她虽比不上伟人叱咤风云的壮丽人生，但也有命途多舛的坎坷经历。

奶奶一生养育了五个孩子，近40岁时，爷爷推着一车盆罐瓷器去独闯关东，一去杳无音讯。奶奶仅靠娘家祖传的一点手艺，以打烧饼、炸油条维持生计，被生活所迫，几次欲将自己的小儿子送人，其间的艰辛可想而知。我的大伯父在家长到16岁时，就去了天津卫当学徒，18岁时生病而亡。东家将尸首入殓，雇了马车送回故里安葬，在村口奶奶哭着说：" 东家仁义呀，买了上好的棺木！"我的二伯父18岁时，参加了八路军一二九师抗击日寇，两年后，年仅20岁的二伯父战死疆场，却未能马革裹尸还，家人只在他的坟墓里埋了一块砖。奶奶万分悲痛，时常会望着那张烈士证书喃喃自语，犹如和心中还活着的儿子唠嗑。

尤其令人深感悲凉的是，奶奶的小女儿活到50多岁时又先她而去。这时，奶奶的5个儿女仅剩下一个小儿子了，也就是我的父亲。当时奶奶已是86岁高龄，家人都不忍心将噩耗告诉她，怕她难以承受如此残酷的精神打击。但奶奶好像有某种心灵感应似的，突然说她梦见我的姑姑要走了，在梦里与她辞行来着。并吩咐我的父亲不许瞒她，否则她会一辈子埋怨父亲，甚至决不轻饶。父亲只好如实相告。奶奶平静得超出家人的预料，她说她早料到了，那么重的病，活着也是受罪啊！然后要去看一眼我的姑姑，家人极力劝阻，怕她到时候过度悲伤。奶奶说，一辈子经历的生死多了，要哭早就哭死了。我看见奶奶坐在二姑的遗体旁，只是轻轻地哭泣，并很快止住了哭声。奶奶刚走开，家中顿时哭声骤起，这哭声为了我不忍离去的姑姑，也为了我屡丧子女的奶奶。

在我的记忆里，奶奶是自信的乐观的。她往常对身边的人和事看得很准，包括自个的寿限，真有点儿料事如神和视死如归。故乡老宅的东屋里长年存放着一口松木棺材，那是在奶奶60岁的时候，我的父亲为奶奶购置的。没曾想一放置就达30年之久。奶奶不忌讳死亡也是不怕死亡的，有时会穿上姑姑出嫁前给她做好的寿衣，脸上挂着满意的笑容。她很喜欢自己的棺材，经常会用手摸一摸，细心拂去尘土，有时当着我的面躺在棺材上作安息状。她时常令我想到生命的从容与坦然，想到生命的尊严与豁达。

在我的记忆里，奶奶还是坚强的智慧的。她从不愁眉苦脸，总说日子还得过下去的。当有人提到爷爷时，她总是说他一定是在关外发了大财，过上了好日子不想回来了。其实奶奶心里明白，那年月飘零在闯关东路上的孤魂该有多少啊！她只是在安慰家人的同时也在安慰自己，给人生留有一个永远的寄托和守望而已。

一年又一年，奶奶挪动着一双被封建世俗缠裹的三寸小脚，走过了90载漫漫人生之路，直到无疾而终，驾鹤西去。那年我回老家，打开尘封已久的宅门，一眼看见奶奶的照片仍挂在斑驳的墙壁上，她慈祥地微笑着与我对视。我噙着泪想，是不是经历了太多苦难的人，一旦哭干了眼泪，就只有笑对人生了。

可以想象，奶奶的一生该有多少神写的故事啊！她就像一部大书，而我无法细阅其厚重的内容，只是粗览了书的封面封底。要说有什么读后感的话，在家人的心目中，长辈也是家里的领袖，平凡中也有坚韧积累的神奇。伟人缔造了一个国,奶奶哺育了一个家。而国与家是紧密相连的,功德只是分别落笔史册与家谱,有别于篇幅的大小或笔墨的浓淡不同罢了。

匍匐于华夏大地

在北京天安门广场东南侧的中国铁道博物馆正阳门馆，我再一次与詹天佑邂逅，因为中国漫长的铁道线总也绕不过他专注的目光。

说起詹天佑，自然就联想到在北京的青龙桥地段，起伏的山脉，眼前呈现出钢铁的笔画，一撇一捺，摇曳着大大的"人"字形的意象，你会禁不住大声惊叹，啊，大写的詹天佑，是第一个把中国人写在山川大地的人。

我隐约觉得在150多年前，詹天佑诞生的那个仲春时节，似乎同时也预示了中国铁路萌发了一枚蕴含希冀的春芽儿。当初或许谁也未曾料到，由这枚破土的春芽儿生长出的钢铁枝蔓儿，以血脉的传承在古老的神州纵横延伸，繁衍了华夏今日如此四通八达的铁路网络，谁能说詹天佑不是一条条铁路的化身呢？

当历史影像再次呈现1872年，年仅12岁的詹天佑以自己的聪慧考取了清政府筹办的"幼童出洋预习班"，父亲只能在写有"倘有疾病生死，各安天命"的出洋志愿书上签字画押。从那时起詹天佑便背负起一个潜在的伟大使命。尽管他单薄的身躯在风萧萧兮中平添了些许悲壮况味，他还是毅然决然地辞别父母，少小离家，怀着学习西方"技艺"的理想到美国就读，遂目睹了北美西欧科技的先进与发达，心中暗自许诺："今后，中国也要有火车、轮船。"他于1877年考入耶鲁大学土木工程系，有幸专攻铁路工程，并在毕业考试中名列第一。据说当年的120名回国留学生中，获得学位的仅两人，詹天佑就是其一。应该说这是詹天佑的幸运,更是中国铁路的幸运。

不幸的是,学成回国后的詹天佑满腔热忱,正想着把所学用于修筑铁路时。而清政府洋务派官员却是一群洋奴,铁路建设一味依赖洋人,竟然废弃詹天佑的专长,愣是把一个铁路工程师,差遣到福建水师担任旗舰驾驶官。1883年中法战争爆发,当法国舰队发起突然袭击时,詹天佑冒着猛烈炮火,沉着机智操作着战舰左来右往,避开敌方火力,抓住战机,用尾炮击中了法国指挥舰"伏尔他"号,致使法国海军远征司令险些丧命。当年上海英商创办的《字林西报》也不免发出赞叹:西方人士料不到中国人会这样勇敢力战。兵舰上的五个留学生,以詹天佑表现最为勇敢。詹天佑的这番从军参战的插曲与经历,一扫旧时书生的孱弱印象,令我等后辈刮目相看。

接下来,詹天佑的际遇和作为应该是他人生的华彩段了。1888年,被湮没了七年之久的詹天佑有机会到中国铁路公司履职,先是忍辱负重修建天津至唐山铁路,后又大胆采用"压气沉箱法"进行桥墩的施工,战胜英国、法国和日本的洋专家,破解诸多技术难题,成功建成滦河铁路大桥。再后来就是主持建成了著名的"京张铁路"。当时一些帝国主义分子挖苦说:"中国能够修筑这条铁路的工程师还在娘胎里没出世呢!中国人想自己修铁路,就算不是梦想,至少也得五十年。"詹天佑亲自带队,背着标杆、经纬仪,跋山涉水,日夜奔波在崎岖的山岭上,抛洒心血和汗水,使整个工程提前两年完成,费用只及外国人估价的五分之一。其间詹天佑独具匠心,创造性地运用"折返线"原理,在山多坡陡的青龙桥地段设计了一段"之"字形线路,为中国百年铁路史页留下了传神的点睛之笔。随后,詹天佑除接受了修建四条铁路的邀请外,还满怀热望策划修筑广州至汉口的粤汉铁路,以构想实现与京汉铁路连成一体,贯通中国南北的大动脉。可以说当时中国的每一条铁路,几乎都和詹天佑有或多或少的联系,或者说詹天佑本身就成为铁路的象征。

于是詹天佑作为世界工业文明的一代先驱,能够有足够资格和底气,代表华人充满自豪地说:"各出所学,各尽所知,使国家富强不受外侮,足以自立于地球之上。"我甚至不难想象在1919年的那个严冬，詹天佑抱病代表中国政府出席远东铁路国际会议，是怎样与企图霸占我国北满中东铁路的日方代表唇枪舌剑，取得我国保护中东铁路的合法权利。当他再次登上蜿蜒向前的万里长城时，虽遗壮志未酬之憾，亦慷心灵慰藉之慨，禁不住由衷感叹："生命有长短，命运有沉升，初建路网的梦想破灭令我抱恨终天，所幸我的生命能化成匍匐在华夏大地上的一根铁轨……"

坚韧的质地饱含了詹天佑不朽的精神。记得有一次去唐山丰润工务段访求，一位巡道的工人指着脚下的线路对我们说：这就是京张铁路。我顿时肃然起敬，自觉放轻了脚步，生怕踩踏了一个高尚的灵魂。悲哉、壮哉、伟哉，詹天佑！我深信詹天佑依然活着，他仅仅在世58个春秋，至死仍未达到退休的年龄，所以他以一种匍匐的生命姿态负重永生。我们每每乘火车到八达岭过青龙桥车站，一眼望见那座耸立的詹天佑铜像，这是一座铁路人的丰碑啊！

詹天佑已化作匍匐在华夏大地上的铁路，钢铁的脊梁，龙的血脉，连接起历史与未来，承载着一个古老民族的光荣与梦想。

静谧的夜

没有守望过长夜的人无法想象夜的静谧。这句话是我当年入伍后与我同样喜欢文学的新兵连指导员对我说的。后来我知道他完全是有意把夜的静谧赋予了美好的想象。

春寒料峭,新兵训练快要结束时,我们一批新兵也佩戴上鲜红的领章帽徽。连长说从今以后你们就是一个兵了,就要肩负起保家卫国的使命了。于是我们跟着老兵开始站岗放哨,日夜挎枪巡视着偌大的仓库区。我知道这里储存着大量的军需物资,白天看着隐现于山坡树木间大大小小的库房,夜晚望着苍穹笼罩下物体隐约的轮廓,领略着从未有过的神秘和神圣。

不几天,领导说为了锻炼我们,安排我们单独上岗。白天好说,可一到晚上就难熬了。当时并不知道在不远的暗处仍有老兵为我们悄悄壮胆儿,但那一夜却定格在我明亮的眸子里。除了夜色做伴,当身边没有一个人时,我这才真正知道了夜是因为黑暗而静谧的,夜是因为漫长而恐惧的。我第一次发现白天里所见的一切景物到了夜里竟是如此陌生,如此面目全非,一棵棵大树后或是一块巨石旁,都好似潜伏着一个可怕的怪兽,并且每时每刻都在觊觎着我的举动。稍有一丝风吹草动,都会引起内心一阵惊恐。

我警觉地坚守在自己的哨位上,睁大眼睛,伸长耳朵,看见黄鼠狼、刺猬、猫以及不知名的小动物出没我的视线,夜里的眼睛并不幽暗,飞闪着磷光般的光;空中飞鸟翅膀扇动的声音划过我的耳膜,夜里的声响好像都拖着长长的尾巴。这夜真是太静了！静得不能掩饰一点声音，包括自己的脚步自己的心跳。

我感到每一根神经都是绷紧着的，这一刻我知道了什么叫警惕。那天的夜空，"流星透疏木，走月逆行云"，竟失却了应有的诗情画意。我不是不懂得欣赏，而是被夜的莫测高深所阻隔，一时遥远了那种心境。时间过得可真慢啊！就好像凝固了一样，凝固得令人有些绝望，我难以懈怠的目光不停地四面八方辐射着，突然间发现视野内由远渐近出现了一个身影，我下意识地握紧了手中的半自动步枪，就听那身影轻声干咳了一声，我听出像是指导员的声音，便高声喊一声："口令！"指导员回了一声："明月！"我报告没有什么情况。指导员微笑着握握我的手，我发现一直紧握钢枪的手浸湿了手套，手心里攥着一把冷汗。

第二天老兵班长告诉我，指导员只有查新兵的岗，才会故意闹出一点动静来，是怕把新兵吓着了。我说就不怕我们偷着睡觉吗？班长说你们还不会有那种本事呢！是啊，这么静谧的夜晚，为什么毫无睡意呢？老班长说因为你是新兵，等你站夜岗想睡觉的时候，你又会知道睡不睡觉也是要听从命令的。夜晚的静谧是神圣的，是不容随意打破的，更需要有人守卫的啊！这一刻我懂得什么叫忠于职守。

我一直不齿于那夜的感觉，探家时只肯说给不识字的老祖母听，祖母对我说："出力长力，破胆立胆。"若干年后，我读到了伟大思想家爱默生的两句话，一句是："我们征服了力量，于是我们便得到了力量。"另一句是："去做你害怕的事，害怕自然就会消逝。"一时间惊诧不已，谁曾想我辞世多年的老祖母竟是一位隐居民间的哲学大师呢！

在现实中，力气是使出来的，胆量是吓出来的。我一直受益于那夜的感想。其实那天的夜里我只是站了两个小时的岗，却叫我今生有足够的胆量坦然面对每一个夜晚，并有自信捍卫和分享着夜的静谧……

永远的军魂

因为生命里有了当兵的经历,骨子里凝结着当兵的情结。

今天又逢建军节,心中的战旗似火红。这支肩负着人民希望的队伍,这支脚踏着祖国大地向着太阳进发的队伍已走过了80年的峥嵘岁月。想当年在南昌城头打响第一枪的先辈们,从血雨与战火中冲杀出来的人,如今健在的恐已寥寥,但这支前赴后继的军旅还在,从红军,到八路军、新四军,到解放军,队伍在发展在强盛,我有幸和我的父辈都曾是这支队列中一员。所以每逢此时,禁不住重温曾经的忠诚和刚强、光荣和梦想。

古人诗云的"丈夫无国更何家"、"感时思报国,拔剑起蒿莱"等等尚武报国情怀传承到今天,心目中的家国已是换了人间,人民当家做了主人。我的伯父正是为此理想而浴血蹈火的一代人。听奶奶说,我的伯父18岁那年参加了八路军,在刘伯承邓小平领导的129师与日寇作战,两年后在一次反扫荡的战斗中壮烈牺牲。永远20岁的伯父,战死疆场未曾马革裹尸还,乡亲们在他的坟墓里埋下了一块砖,只在砖上刻有他的姓名。30多年后,即1976年我继承了伯父的遗志,入伍到了向往的军营,保家卫国,守土尽责,奉献自己宝贵的青春时光。1988年第一次有机会站到了山海关长城上,我看见被风雨侵蚀得有些斑驳的长城砖,立刻联想到伯父的血肉之躯,我流着泪喊,伯父,哪一块砖是您的化身呢!

我知道长城已是一个民族不屈的象征,无数像我伯父一样的先烈共同构筑了一道精神的长城。军人就意味着牺牲,牺牲又是多方面的,包括生命、机遇、家庭、青春和爱情……即使和平年代,人民军队的肩头依然担着艰险困苦的重任,抗震救灾,森林灭火,抗洪抢险,哪一次不是解放军冲锋陷阵呀!正如那首歌里所唱的"我不知道你是谁,我却知道你为了谁。你是谁,为了谁,我的战友你何时归?……我的兄弟姐妹不流泪"。嘴上说不知道你是谁,但人们心里都知道你就是为抗洪抢险活活累死的李向群,就是献身衡阳火场的英雄群体……嘴上说兄弟姐妹不流泪,每每歌起常会叫人泪湿衣襟。前不久,我去北京参加一位文友的作品研讨会,与会者中有几位曾是在铁道兵服役的老作家老诗人,谈起当年挺进青藏的历程依然热血沸腾,豪气干云。他们说当初曾有人作过统计,沿着青藏的路径走,平均40米就留有一架驮运物资的骆驼尸骨,自然环境的极度恶劣,常使修路的战士不时倒下去。可以这样说,人倒下去便成了路,路站起来便成了碑。

我在一次添乘的旅客列车时,见到一个从雪山哨卡退伍的老兵,他说回到山下就想抱着一棵绿树幸福地哭。是啊,长年累月见不到一棵新绿,军人自己就把自己变成了一棵会走动的绿树了。当我问他后悔吗?还是那句当兵人口头上的老话:当兵后悔一阵子,不当兵后悔一辈子。真可谓"男儿生身自有役,那得误我少年时。"我很庆幸生命中有了当兵的历史,在我的人生档案里就有了一段着色的履历。军绿色是我青春写真的色彩,浸润着我浓浓的难以化解的情愫。

当军旗迎风猎猎作响,绿色军装尽染了春天的山冈,不变的是永远的铁血军魂,不变的是永远的缅怀与向往……

追梦的火车

有这样的说法，我们居住的城市是火车拉来的城市。在百年铁路的零公里处，袒露着这座城市光荣与梦想的脐带。

自然而然，和这座城市与生俱来的火车，一直在我的梦里飞翔，我乘着火车去追梦，也追逐着梦中的火车。小的时候，看见多足虫一样的火车在远处奔跑，就惊讶天地间这一非同寻常的神奇造化。惊讶它呼啸着开来，荆棘都知道向两边儿躲闪的威力，惊讶它像人的拳头一样握在一起的车钩，惊讶它一节一节连接起来能载人的车厢，简直就是一长串儿长着腿的房子，每一方窗口都印着一闪即逝的梦幻般的人影儿。我常常忘我地张着嘴巴，一直目送心仪的列车消失在视野之内。长大后我当了兵，想象着也和邻居当兵的大哥说的那样，坐进闷罐子车厢里"哐当哐当"地跑上几天几夜，先把火车坐够喽，等到车停了，拉开车门一看，已经抵达也许是冰天雪地也许是树木狼林的烽烟边陲了。

失望的是，我没能有这样的机遇和悬念。载着我们的军绿色解放牌汽车，在一条简易公路上颠簸了一个多小时，驶上了一条较平坦的柏油路。逐渐地，两侧多了标语、路牌以及3层以上的楼房。不多时，汽车在一座省会城市的军营里停了下来。我的梦却无法停止。我绝不是有意故作矫情，我总是觉得我的军旅少了最初睡梦中应有的铿锵节奏，枕着车轮和钢轨摩擦或撞击的声音，会使我的生命里平添多少沧桑的字眼儿以及情理之中意料之外的故事啊！

当兵后的第二年深秋，我调到了山西的某部继续服役。我坐在穿越大山腹地的列车上沉浸于以往的梦境，坐在靠车窗的位置看窗外依次向后倾倒的房屋、树木、庄稼、岩石、人和牛羊……有感而发，我写了一组叫作《车窗外的蒙太奇》的诗，后被《北京文学》刊发出来。这时的视觉正按捺不住地引领和扇动着梦的翅膀。有人说，诗歌是年轻时的梦想。而我的梦几多岁月磨砺不肯老去，火车情结里梦的经纬一直在延长延长，就像穿山越涧蜿蜒不尽四通八达的铁道线。印象最深的是那一目了然的路徽，仅是车头和钢轨截面构成的简约拼图，好像就将有关铁路的全部涵盖了诠释了。更重要的是它的家喻户晓，连我一辈子生活在乡下的裹着小脚的老奶奶都知道，戴着这个标志的便是铁路上的人。铁路的自身厚重和社会的充分认知，使我所拥有的梦愈加浓烈和斑斓起来。

当兵后的第三年，我第一次回家探亲，由于紧挨着年根儿买不上车票，只好在除夕之夜踏上了归程。独自望着空荡荡的车厢和窗外漫天的星斗，开始思念家中的父母，怀想翘首以盼的亲人，一种从未有过的孤独和伤感向我袭来。正是这个时候，一位漂亮的女列车员招呼我到餐车集合，所有乘客也就30多人，大伙儿聚到一起包饺子。列车长说了过年祝福类的话，要请大家免费吃一顿年夜饭。随着热腾腾的饺子端上来，一股家常的温馨顿时在车厢里弥漫开来。联欢会上，一位老者吟了唐代戴叔伦的一首诗，只记得其中一句："一年将尽夜，万里未归人。"很是撩拨人的心扉，有人悄悄地流下了热泪。那时我不知道铁路的产品叫"位移"（一个竟有几分诗意的名词）。我在车上在路上，我的地理位置一直在移动。靠在车窗处静静地聆听车轮与钢轨的倾心交谈，能真切地感觉到微微颤动的大地之弦……我知道它会传递向整个社会的任何一根神经末梢。

当兵十几年后，我毫不犹豫地转业进了铁路，一直努力担当着一名铁路卫士的角色。期间，难免写了不少遵命的篇什，炮制了一些准报告文学类的东西。那主要是自己的笔力所限，作品质量与我所描述的人和事无关。我一直认为讴歌铁路工人是我分内的事也是值得去做的事，却久久苦于难能达到对铁路的整体认识的优势，难以高屋建瓴地艺术地运用和升华日趋丰富的生活资源。光是站在一旁感慨复感慨铁路大施工时那种排山倒海般的气势和波澜壮阔的场景。内疚、无奈和苦恼缘于我笔端的心气儿与力气所形成的巨大反差。我只能弃大求小抑或舍深求浅，思索着试图落墨于某些人某些事的某些细节。譬如，我看见为确保列车在"一线天"似的山涧里安全行驶，陡峭的崖壁上，扫山工人腰间系着绳索，吊挂在半空中在崖壁上跳跃跌宕，手持的撬棍不停地飞舞着，被风雨剥蚀的摇摇欲坠的石块儿裹挟着岁月的尘埃纷纷陨落。一时间钢铁与石头、石头与石头撞击迸裂的火星儿以及声音闪现和响彻了山谷。落体的重量在运动过程中体现了不屈的意志和力量，使我感悟了劳动的坚硬质地和意识的敏锐尖利。这些生长于山崖上的灵魂意象在我永难企及的高度，我更无力将其移植于文学殿堂，使其伸展血肉的根须和繁茂钢铁的枝叶。然而，思绪的车头总是沿铺垫着石子枕木的钢轨日夜奔跑，我发现一粒石子的纹路和一根枕木的年轮，还有一颗道钉的火候以及两道钢轨所延伸的目光。这些分别来自巍峨的高山或茂密的森林或炉膛的烈火的生灵，如此的拟人和具象。我看清了他们的来路，却无法把握他们的去路，只是力不从心地涂抹着他们在路上可歌可泣或是别人熟视无睹的零星片段，我的拙笔无力承载他们的平凡和不朽。

或许，跑在轨道上的火车并不能意识到，距它最近的人，在能够听见这些人心跳的地方，还存在着一个精神世界。那一年，我去了锡林郭勒草原，一望无际的碧草蓝天。有摄影的朋友说，只可惜一条南北贯通的铁路冲淡了原始的景致。我偏要拍一张有铁路的照片，等冲洗出来一看，我发现那条长长的铁道线就像一架灵动的天梯，连接着草原的蓝天，一直通向梦的尽头。

我的名字叫鹰

我在心里酝酿很久了,很想写一部铁路公安题材的小说,实际上就是比较文学地叙述一下身边的人和事,真实的生活就是艺术的文本。

书名早想好了,就叫《我的名字叫鹰》。不曾想当年土耳其有个叫奥尔罕·帕慕克的大作家,突然间得了诺贝尔文学奖,小说篇名竟然是《我的名字叫红》,书名有些相近,讲述的也是凶杀与追凶的故事。不敢望大师项背,只叹巧合,本人不是英雄,竟与英雄所见略同于皮毛。说甚幸是甚幸,现在说来似乎是一句玩笑话了。

追根溯源,最早让我认识铁路警察还是那部叫作《铁道卫士》的电影,这是一部抗美援朝为背景的反特片,影片在"嘿啦啦啦啦,嘿啦啦,天空飞彩霞呀,地上开红花呀"的歌声中拉开序幕,我铁路公安民警紧密依靠职工群众,尤其科长高健深入虎穴,沉着冷静,斗智斗勇,成功挫败了马小飞等匪特预谋破坏我军运输线的罪恶活动,当年看到除掉定时炸弹的军运列车长啸一声,顺利驶过长岭隧道,我就萌发了想当一名铁路警察的愿望,后来从部队转业就一门心思地当了铁路警察,期间饱蘸情感书写了很多反映铁路警察精神风貌的文稿,还总想给自己起一个能体现本色的笔名。我的记者朋友说你就叫铁鹰吧!你们不是净搞铁鹰行动吗?!我觉得有点俗。朋友说了,名字俗人不一定俗。又有一位诗人朋友说,你们白天黑夜地忙活,干脆叫不栖鸟或啄木鸟。记者朋友说,什么不栖鸟、啄木鸟的,鹰不是鸟吗？

直到那一年，我到内蒙古的锡林郭勒草原开笔会，和当地的一位猎手闲聊，他说他很敬仰在天上翱翔的鹰，在草原上总见它们俯冲下来扑食猎物，没有见过它们的尸体，也从来没有发现他们的巢穴。传说鹰的巢穴是建在常人无法企及的悬崖峭壁上的，又说鹰预感到自己将死时，或最后拼力撞崖自尽，或躲进隐蔽的石缝默默而亡。使人不难联想到英雄暮年的某种悲壮或无奈，总之置身于情天恨海的英雄，个个豪气干云，谁都不愿死得太窝囊了。鹰的传说归传说，没有得以充分印证。但在人们的认知里，鹰无疑是一种具有英雄色彩的神奇之鸟。

我之所以对鹰情有独钟，是因为喜欢揣摩鹰的哲学以及铁的逻辑。鹰总让我联想到警察的职业特性，它就像一团冷峻的闪电，行动迅速，身手敏捷，勇敢果断；它有着深邃犀利的目光，数千米之外就能看清一只出没的田鼠；它有着装备优良的尖喙和利爪，仅在一瞬间致敌死命。我听说民间有"熬鹰"一说，那些驾鹰狩猎的人，为了训练一只出色的猎鹰，总要几个昼夜和鹰一起不睡觉，面对面地熬着，直到猎鹰和主人熟识了，听从主人指令并愿意捕获猎物为止。这真有些通过纪律作风教育增强使命感的意味。有一次，我和一位同事说起这个话题，他说每到深夜里值勤都有这种感受，比如候车室或车厢里旅客睡着了，你不能睡，你得保护着旅客的安全；比如有时在寒风凛冽的铁道边巡逻，或潜伏在某个易发案场所捕捉罪犯，你也不能睡。你得紧绷着像鹰一样的敏锐神经，睁着一双鹰似的眼睛，结果警察眼睛经常被"熬"得发红。难怪我单位的一名刑警，连续鏖战几昼夜，完成任务后回到一个小旅店里倒头睡去，耳朵被老鼠咬了竟然没觉得疼痛。有人开玩笑说，你可是捉老鼠的鹰啊！应该是猫头鹰吧？我说猫头鹰也是鹰呀，鹰也有受伤牺牲的时候，比如警察面对凶犯的枪口或利刃……

一只鹰的意象，能让人联想到很多搏击风雨的警察故事。前年我去大秦铁路上采访，站在燕山的一处高崖上看见脚下有桑干河静静地流淌，一列运煤的火车隆隆驶过，同时有两只翱翔的鹰，像忠诚的卫士一样,扇动着健美的翅膀,久久地盘旋在列车的上方……

望见不远处的铁路桥头,出现了警察巡逻的身影。我想,我的名字就叫鹰,振翅高飞的鹰,永远鼓荡着不熄的血性和无畏的豪情。

享受智慧和勇敢

　　一个人能否成为一名好警察，要看他是否具备智慧和勇敢的丰厚潜质。当然，一个再普通的人也或多或少地具有这种潜质，重要的是他是否具备发掘和运用这种潜质的机遇和能力。

　　警察的职业便有最大限度地发掘和运用这种潜质的机遇和能力。警察的一生其实是在勾勒平凡人的传奇经历，原本平凡的人一旦选择了无怨和无悔，在使命的旗帜下，就要义无返顾以披肝沥胆诠释无畏和无愧……或许最动人的效应，是人们追记和欣赏大智大勇者惩恶扬善化险为夷时，那种展现智慧和勇敢的自豪和愉悦，这大概是警察故事引人入胜的一个原因吧！事实上因为情节过多的雷同和重复，使得故事的主人公自认为，惊险不再称其为惊险，曲折不再称其为曲折，传奇也不再称其为传奇了。司空见惯远没有道听途说充满玄机和诱惑，身临其境甚至没有推理想象更富有浪漫和刺激，熟悉的职业没有传奇。所以警察故事大多不是由警察执笔去写。最不忍诉说的，往往是留给自己可供一生咀嚼的苦涩。

　　智慧与狡诈、勇敢与鲁莽是有区分的，用智慧战胜狡诈，用勇敢战胜鲁莽，当警察必须具备以智慧作铺垫的勇敢，在付出智慧和勇敢的同时，才能享受到智慧和勇敢的报答。听圣贤者说过，大智慧其实很简单：就是饿了知道吃饭，困了知道睡觉。大勇敢其实也很简单：就是只怕应该怕的，不怕不应该怕的。但是偏偏就需要有人去保卫如此简单的人生智慧和勇敢。譬如经常有些犯罪团伙绑架人质敲诈钱财，被绑架的人质常常会遭受非人的折磨，饿了不给饭吃，困了不让睡觉。人质的家人顿时会陷于心力焦虑之中，饿了不想吃饭，困了不想睡觉。人质和家人全被恐惧笼罩起来，已无力分辨和主宰究竟哪些是该怕或不该怕的了。这时他们赖以生存的基本权益：所谓的"大智慧"、"大勇敢"，是需要以警察的智慧和勇敢做保障的。

　　失去智慧和勇敢无疑等于失去尊严，警察就是捍卫人类尊严的角色。受害人用不着别人提醒自然会想到该去找谁，而警察该找谁呢？当然是去找那些作案的坏人了结了。面对刁蛮凶残，面对诡计多端，面对丧心病狂……面对无数个面对，怪不得警察也在自嘲："稍不留神儿，就当了英雄"。英雄就意味着流血，意味着牺牲，生死一瞬，被缩短在一刀一枪的距离，斗智斗勇、短兵相接是注定无法回避的残酷。每时每刻里，那个以热血刷新的生命数字变得耳熟能详，尽管优秀警察浑身都突兀着智力的肌肉与勇敢的风骨。这就叫悲壮，这就叫沉痛，这就叫遗憾，这就叫代价。

　　面对生命的顿失，我们不能不产生畏惧。就连在二次世界大战中一贯猛冲猛打的美军名将巴顿都说，如果勇敢便是无畏，那么我便从不曾见过一位勇敢的人。一切人都会畏惧的，越智者越知惧，尽管有所畏惧，却能驱迫自己勇往直前的人便是勇者。写出过《老人与海》的海明威也说，勇气是压力之下的美德。巴顿说的"驱迫自己"与海明威说的"压力之下"就是事业心与责任感。警察的特殊境遇造就了迎击挑战的品格，危急关头，急中生智，智慧相伴，英勇果敢，追求智勇双全是历练的极致。

　　在工作和生活中能够享受到智慧和勇敢，是一个成功警察的荣耀和幸福。

克制的力量

有人总是认为，克制就是给自己套上一副束缚自己的锁链，却恰恰忽略了最重要的收益：克制使自己也同时得到并穿上了一身坚固的护甲。我们用克制保护自己，大到国际争端小至个人冲突概莫能外。

懂得克制是充满自信的明智表现，我们因为克制反而蓄积和增加了力量。春秋时越王勾践卧薪尝胆的故事该是自我克制的范例了，那是一种具有伟大抱负的大克制，而我们平凡人的"小克制"，在现实生活中也同样蕴藏着彰显修为的大意义。

伟大的思想家爱默森说：彬彬有礼的风度，主要是自我克制的表现。我以为礼节和风度的有所不同就在于：礼节是表示尊敬、祝贺、哀悼等人际交往中的习惯形式，含有他律的外在成分，是由外向内的一种强制渗透，是中规中距的千篇一律，是真真假假的万人一面；而风度是具有个人特色的言谈、举止、仪容和姿态，是自身修养的内在的自觉表现，是由内向外的一种自然释放，是从骨子里溢出来的东西，是不能复制和装扮的。所以说彬彬有礼对大多数人在大多数情况下是可以做到的，而提升到一种风度，这就要看自我克制的功力了。

克制使我们感到了言行的界限，也使我们获得了精神的自由。有形无形的世界展现在我们面前，地理上便有了"三山六水一分田"的说法。按理说，生活在"一分田"里的人类，你再想自由也比不上鱼类的自由吧，江河湖海再多再大也没有天空广阔，鱼类再想自由也比不上鸟类自由吧，但是天空再广阔也没有人的思想无边无际，人类靠克制得来智慧和力量，制造了船舶和飞行器，鱼类鸟类再想自由也比不上人类自由吧。包括人类可制造可应用的任何武器都成为自我克制或相互制约的砝码，包括个人导致的牢狱之灾或杀身之祸都归于自我放纵的宿命。谁剥夺别人的自由谁就会失去自己的自由。

克制使我们尊重别人，也赢得了别人的尊重。那年盛夏的一个夜晚，我们宿舍大院四楼上一家住户，夫妻二人出去纳凉，回家时已近午夜时分，却发现自家的钥匙锁在了屋里，那个暴躁脾气的妻子一看进不去家门，顿时火冒三丈，一边拼命地敲打防盗门一边大声喊叫，把四邻八舍的人都吵了出来。大伙说赶快找警察吧，有人打了"110"电话请求救助。等待的时间总是显得漫长，这家的女主人一直在不满地唠叨，嫌警察来得太慢，当然也有了他人的推波助澜，以致到最后演变成了泼妇骂街。又等了一会儿的工夫，两名满头大汗的年轻警员骑着摩托车来了，女主人一肚子怨气立即找到喷射的靶子，迎头盖脸地大吼道："养你们是吃干饭的么！"我当时都替那两位警察感到难堪，但他们只是说对不起，刚才因处理另一起群众报警才耽误的。随即爬上6楼顶部，系一根绳子下到四楼破窗进屋，打开了房门。谁知这时的女主人余怒未消，不但不感谢，嘴里还一直数落不休。两名警察不愠不恼，依旧说着"对不起"。围观的群众终于鸣不平了，众口一词指责起了女主人，并向两名年轻的警察表示敬意和谢意。我看到年轻警察极力克制着眼里的泪水，更看到了自我克制所产生的连锁反应，这就是克制的力量。

我在想，假如那两名警察不懂得克制，心里只想我们这样辛辛苦苦为什么呀？招谁惹谁了，你凭什么这样对待我们啊！那事情一定会是另一种结局了。我只能说在这里克制体现的是一种职业道德、一种必备素质。

克制使我们逐渐坚强，克制使我们趋向成熟，克制使我们增加能耐。对于一个高尚、伟大的民族而言，社会明智的法律和个人合理的克制是飞向自由王国的一双翅膀。我想我们正是由此具备了搏击风雨的力量。

那年除夕守岁时

除夕之夜的确是一个感情触点。在传统的习惯里这是一家人欢聚的时段。古语云："达旦不眠，谓之守岁"。这个时候人是敏感的，譬如此时的你应该待在什么地方，应该在哪里吃饭或睡眠等等。好像约定俗成的，一旦打破了常规情境，很容易触景生情，感受颇深。我至今记得多年前，与我的同事怎样在风雪漫卷的铁道线上巡逻，曾怎样度过了一个难忘的除夕之夜。

当时因发生了一起破坏铁路的恶性案件，致使铁路治安形势骤然变得严峻。铁路公安机关人员几乎全部充实到治安一线，与沿线派出所民警一起巡逻巡线。临近春节的一天，与我同一岗位的年轻同事就悄悄对我说，今年可是赶上了，按照排班顺序我们要在铁道线上过除夕了。当时我并没在意，只是随口说，好啊！咱们吃饱穿暖了，到铁道线上一起去守岁！

傍晚时分，天空开始飘落雪花，等到晚饭后，风雪弥漫了铁道线。我和我那位年轻的同事迎风冒雪出发了，沿着高高的路肩艰难前行。风和雪打在脸上，感觉由冰冷到疼痛再到麻木。我们竖起棉大衣的领子，想极力阻挡有形无形的风雪侵蚀我们的身体，但无济于事，寒冷无孔不入。我毕竟大他10多岁，较早地领悟了什么"吃饱了带干粮，穿暖了带衣裳"之类的古训。毛衣毛裤毛袜，棉衣棉裤棉帽，外穿棉大衣，将自己层层包裹得严严实实。即使这样，不时有列车从身边呼啸而过，裹挟的风雪寒气仍然感觉侵入骨髓。每逢这时，年轻的同事总要大喊一声:哎呀,我又被剥光了!想想看,他虽然年轻火力壮,可只是穿了毛衣毛裤,外加一件棉大衣。与我相比少穿了一层棉衣棉裤呢。

他说:火车一过,就感觉像是没穿衣服似的。他问我:你知道人冷得厉害时,会是什么感受?能有什么感受,无非是冻得浑身哆嗦。他摇摇头,随后告诉我:就是感觉想哭,情不自禁地想哭。我看见他的脸上有泪水,真的是泪水啊!但是他的脸上一直挂着自尊的笑容。

我突然想到了每个人有限的生命体验,人或许没有纯粹的快乐与痛苦。所谓苦乐的真情袒露往往是与泪水相伴的,同时哭着笑着,生理与心理的抗争和融合,该是怎样一种悲喜交集的复杂情愫呢。

我们唯一的抵御就是加快步伐,不停地巡视。当走到路边一处废弃的露天小屋旁,我们决定暂避一时风雪,同时也可以监视到线路上的一个要害区段。那一刻的感觉真好,周身顿时暖和多了,一面挡风墙真是像一床温馨的棉被啊!我这才注意到不远处就是一座县城,万家灯火通明,有爆竹声不时响起,不难想象到浓厚的除夕气氛。我随即联想到宋代诗人陆游的一首诗:"北风吹雪四更初,嘉瑞天教及岁除。半盏屠苏犹未举,灯前小草写桃符。"只是身临此境,心绪总是无法沉浸于预想的诗境中去。

这时候风雪似乎停了下来,我们继续前行,警惕地巡视着匍匐延伸的线路,在强光手电筒的照射下,我们会看到前方不时有外出觅食的老鼠仓皇逃窜,便会不失时机地调侃一番:看看,现在这么多老鼠频繁出没,作为猫能不及时出击吗!心中又不免暗想,在这举国欢度、亲人团聚的时刻,在这礼花缤纷、美酒飘香的节日,有谁知道我和我的同事们正在风雪中坚守呢?此时此刻,我看见了铁路上飞驰不息的列车,那些迁徙的翅膀总是追逐着和煦的春光,每一趟列车都是开往春天的专列……这个时候,人如归鸟,跋涉中的身心,虽然顶风冒雪,旅途劳顿,却始终摇曳着春天的姿势,洋溢着春天的祈望。我知道在人们的视线之外,还有和我们并肩鏖战的列车员、司机,客运员等等,我又看见在铁路一侧的公路上奔跑着的汽车,车灯向前辐射的光芒,照耀着年的方向,照耀着家的方向,奔向心系的地方,奔向梦想的地方。我想到了燃烧的炉膛，旋转的涡轮，闪光的灯塔，不眠的眼睛……我想到了今夜坚守在工作岗位的人们，各行各业那些我看到或看不到的人们，心中默默地说，就让我们为祖国守岁吧！

那年除夕之夜，我和我的同事在铁道线上巡逻，整夜未眠，置身于风雪中竟然走得大汗淋漓，热血沸腾。今天回想起来，仍有几多感慨。时光荏苒，又是一年除夕夜，愿借用宋代词人杨无咎《双雁儿·除夕》中的几句词为新春贺岁："劝君今夕不须眠。且满满，泛觥船。大家沉醉对芳筵。愿新年，胜旧年。"词中的"沉醉"不足取，"愿新年，胜旧年"确是一个美好的期冀。

渴望的眼神

忘不了您啊，我的父亲。我在浏览家中的一本相册时，不经意的目光骤然定格在一帧照片上，这是您在住院期间由我拍摄的。父亲啊，您的一双眸子闪烁着热切的光芒，这是您与病魔几经抗争无望之后，默然留给亲人的最后一个眼神儿，依然充盈着对生命的渴望。

望着这样一双眼睛，我禁不住潸然泪下。多少年了，我敢说，没有与飘逝的生命作过最后对视的人，是难以完全读懂这双眼睛的。如果人的生命是一篇寓言，那么留给记忆的最后一个眼神又能意味着什么？

有一位诗人好像做过这样的描述，生命在每个时刻都会有一种埋伏，却要等待若干年之后才能得到答案。我想生命的最后一眸，也正是寻觅答案的一刻，只是这答案留给了活着的人们，令人恍然大悟：原来生命沿途那么多磕磕绊绊的足印，都写满了对生活的留恋；原来记忆里那么多疙疙瘩瘩的思绪，都纠缠着难舍难分的牵挂；还有那么多酸甜苦辣的回味，都幻化成幸福的余香；还有那么多萦绕于怀的不了情，都徒然为今生今世的遗憾……

我的父亲，您在生命的最后时光，为什么突然变得脆弱起来，一改多年来以沉默构筑的父辈威严，敞开心扉向晚辈尽情倾诉经历的苦难和委屈，您说您16岁就离开家门儿，只身去了数百里之外的保定做学徒，早起晚睡不说，还要到天津贩运布匹，风餐露宿，几百里的路程全靠骑一辆老式自行车往返，车上驮着一百多斤的土布洋布，那年头还是土路，遇上雨雪天气，道路泥泞脚下打滑，仅有的一块儿油布，要苦住车上的货物，人只能淋着，冒着雨雪赶路，有时车把一扭栽进路边的沟里，路上行人少，找不到人帮忙，只好将车上的布一点一点地卸下来，搬上路基重新装车。有一次下雨天，车子的链条断了，路上的盘缠也没了，父亲宁可一路乞讨，也不肯动用东家的一小块儿布料。他就这样推着重载的车子走啊走啊，终于走了回来。连心硬的东家掌柜见了都掉了眼泪。

或许早年的苦难为您划定了生活的底线，随后的困顿便归于快乐的生命经验了。新中国成立后，您被安排在糖酒公司工作，您是怎样地珍惜自己的职业呀！全身心发掘着平凡中的意义，经营的生活就像您经营的糖和酒一样有滋有味，伴随您一生的是日复一日的忙碌和年复一年的大小奖状。您是如此乐观豁达，自力自足，一直充满着对工作对生活的热爱。退休时您说，一辈子总觉得上班没有上够，正干得带劲呢；弥留之际您说，总觉得这一辈子还没活够，正活着带劲哩！这时候您渴望的眼神分明是一团火焰，燃烧的是心中不落的太阳……遗憾啊，父亲。您一辈子住在大杂院里，低矮潮湿的小平房浓缩岁月的形影，蜷曲着一个又一个的梦想……

您该有多少梦想啊！您想送心爱的外孙和孙子去上大学，您想去规划中的街心公园去散步，您想搬进宽敞明亮的楼房里……您期盼着期盼着，终于盼来了旧城改造的消息，蜗居多年的小屋拆迁了，您高兴得像孩子似的。然而您没来得及住进自己的楼房，您走了，带着您的梦。夜晚我站在您那条街道的一座新楼下久久地凝望，想着那一扇灯火通明的窗口该映有您的身影，可只是"物是人非事事休，欲语泪先流"，一时间觉得那个叫心的地方隐隐作痛。

父亲啊！望着您的眼神，我陡然想到生是一种偶然，死是一种必然，人就在这偶然与必然之间改造生活的自然。或者生活的自然就呈现于对生命的渴望。生命是短暂的，而渴望是永恒的。人生一世不就是化短暂为永恒吗？我知道，珍视生命的短暂就是拥有渴望的永恒。

如果说生活是一部大书的话，我就把您渴望的眼神印作这部书的封面，儿女就是您书中的续写内容啊！父亲。

父亲的手

父亲走时，我始终握着他的手，感觉由温渐凉，一直到他告别这个难以割舍的人世。当时我看了一眼手表，时针正好指向凌晨4点。母亲说，你父亲一辈子起早，他是趁着天还没亮，又起早上路了。

我一生勤劳的父亲啊！我久久握着父亲的手不肯松开，这是我成年后唯一的一次，也是最后一次端详父亲的手了。我发现父亲的手指很粗很粗，我想，或许是生活之弦过于坚硬才需要父亲这样有力量的手指吧！

父亲生于旧中国，没有条件学得什么文化，对儿女的说教，他既不会说出"渴不饮盗泉水，热不息恶木阴"之类引经据典的警句，也不可能总结出什么人生箴言来，但他一生诠释的生活意义就在于平凡之人所展现的智慧和力量。

父亲留下的财富是勤俭节约是不畏艰难是自力更生的美德。

在20世纪60年代初，老家的村子里还没有一台收音机。县城商店的收音机价格昂贵，父亲就自己动脑动手，一个不懂ABCD的人硬是神话般地摆弄出一个"戏匣子"，里面的元件儿是拼凑来的，外壳儿是旧木板儿钉起来的。尽管造型不雅，但声音响亮，引来四邻八家大人小孩儿。一到夜晚，天空挂起一弯新月，一群人便围着"戏匣子"坐满了庭院儿。在精神生活相对贫乏的当时，听歌听戏该是一种怎样的奢侈啊！年迈的奶奶端坐在大大的蒲团上，俨然一位骄傲的太后。那种令人心醉令人神往的情景，至今仍清晰地印在我的记忆中。当时我并没有意识到，父亲就是那个往淡淡无味的生活里撒了一把糖或是一把盐的人。

想起父亲，我的目光又投向父亲留下的几台挂钟上，左右摇动的钟摆儿总像在诉说着什么。父亲怕我们上学迟到，他从旧货市场淘回来几台旧挂钟，还是靠自己的一双手驱赶着它们走动起来。于是，父亲修表的手艺也就传了出去。父亲一休假，乡亲们的钟表正排着队等他修呢。村里小学校的钟坏了也来找他，老师说，这台座钟抱进县城修了好几回了，走不了几天就停了，我们还指望它上课下课打铃呢。只见父亲找来一截废钢锯条儿，加工磨薄后，代替其中的一个部件儿，那钟便走动起来，居然熬过了父亲的生命……

思想家爱默生说：“一切的美德都包含在自我信赖里。”我想父亲的自我信赖正是体现在战胜一切困难的岁岁月月，也体现了父亲自身的责任。

父亲年少时离家去保定当学徒，到后来独自一人在城里工作。只有每年半个月的探亲假。在我14岁的那年秋天，父亲来信说要回一趟家，我借了同学家一辆崭新的自行车赶到约30公里远的车站去接父亲。火车开来又开走了，却没有见到父亲，父亲没有来。等我忍着饥饿返回家里已是午夜时分，害得母亲提心吊胆，害得本院的哥哥们寻我（也为了寻那辆新车）整整奔波了一夜。这件事对父亲触动很大，当时自行车是高档品，商店里也是凭票供应的，全村也没有几辆是新的，一旦弄丢了拿什么赔人家呀！况且我们兄妹五人，也要相继上中学了，从村里到学校要有几公里的路呢！

父亲只能信赖自己的一双手了。他在工作之余几乎跑遍了城里大大小小的五金店和废品收购站，买来或新或旧的自行车零件自己组装，居住的那间小屋就成了一个修车棚儿。我与姐妹们先后一个个上了中学，也先后从父亲的手上接过一辆辆自行车。短短几年时间，父亲的手竟然摆弄出5辆车子，我们正是骑着父亲拼装的自行车跑上了通往新生活的道路。

如今回首，似乎还能望见留在故乡土路上那一道道辙印儿，那可是父亲谱写的五线谱儿，它来自父亲的双手，来自被父亲弹拨的一根根心灵之弦……

永远 20 岁的伯父

30多年前的一个严冬，奶奶以90高龄谢世。家人给她穿寿衣时，在奶奶贴胸衣袋里发现了被她视为珍宝的那个小本子，这是烈属的优抚证。这也是奶奶与一般乡村妇人葬礼有所不同的缘由吧，当时公社和村里都代表组织送了花圈，开了追悼会。

奶奶是一位烈士的母亲。我的二伯父是在抗日战争中于1941年前后英勇捐躯的。听奶奶说，二伯父长得身条儿高，脸面白净俊秀，还读过三年书，在当时也算是个"文化人"。1938年秋天，日伪军到处烧杀抢掠，祸害得老百姓无法生活。后来，村子里来了一个姓方的"队伍上的人"，领着一帮人"闹抗日"。不久，我二伯父就偷着跟他走了，参加了抗日的队伍。一年后的一天深夜，二伯父带着几个挎枪的小伙子悄悄溜回家里，商量着要打日寇设在徐庄的炮楼，奶奶起身为他们烙了几张大饼，他们揣上大饼就消失在村外的夜色里了。

后来，日伪军就找上门来，幸亏奶奶正巧去藁城的二姨姥家走亲戚，才躲过了一场灾难。日伪军穷凶极恶，将我家的大门踹坏、门楼儿掀掉，老宅的院门上至今仍残留着当年被毁坏的痕迹。听乡邻们说，日伪军在洗劫后未得到一件贵重的物品，就将我二伯父唯一的一张照片掠去，那是二伯父的一张标准照：精神抖擞，身穿粗布灰军装，一副八路军的打扮。敌人气急败坏地把照片钉在我家后墙上，举枪向它瞄准儿，当靶子打……

再后来，就风传二伯父战死的消息。起初奶奶不相信，直到有一天，区里来了人，消息才得以证实。代理区长是一位精瘦的年轻人，他身挎着驳壳枪，先给奶奶倒上一碗水，然后向奶奶报告了我二伯父在战斗时牺牲的情况，当时奶奶只是想："俺一个欢蹦乱跳的大小伙子跟你们走了，说没就没了？不行！你们还俺的儿子！"悲愤之下，奶奶举手扇了区长一巴掌。年轻的区长"扑通"一声跪在奶奶面前，哭着喊："娘，你老有怨有气就打吧，我就是你的儿子……"泪眼蒙眬里，奶奶蓦然瞅见区长一只空荡荡的袖子。听说区长是个南方人，和日本鬼子打仗打掉了一条胳膊，临时到地方做政府工作。奶奶心头一颤，犹如见到自己的儿子，怜爱地扶起下跪的年轻人，两人哭成一团……从此后，奶奶总是追悔不迭地重复一句话："俺不该难为那孩子！"

二伯父就这样去了，以他 20 岁的青春年华。其实，二伯父的死并没有确切的说法，说是在一次突围时阵亡的，又说是在一个村子里生病时，因汉奸告密，被日军抓走的，反正没找到他的尸体，传说被鬼子投进了炮楼附近的黑水潭里，又说被鬼子喂了狼狗……"我可怜的儿啊！"奶奶只是常常这么悲怆地哀痛。

二伯父死后，乡亲们只能找来一块砖头，在砖上刻上他的名字，深埋在地下，上面堆起一个坟头。若干年后，我看到了雄伟的长城，总联想到二伯父的那块砖。永远 20 岁的伯父啊，战死疆场未曾马革裹尸还，就这样魂归故里了。

二伯父没有任何遗物，故乡的烈士陵园名册上也曾遗漏了姓名，唯有老屋的墙壁上由刘伯承、邓小平签署的"革命烈士证明书"，在这浸染着历史硝烟已见发黄的纸页上，清晰地写着他的姓名：张振修。奶奶说，这是他的"官名"。他的本名叫张同行。几十年的时光，奶奶常坐在炕头，守望着这张证书。

奶奶还时常说起那位年轻的代理区长。因此她从来不找政府的麻烦，只是每月领取政府给她的抚恤金。这钱根据时局变幻，数额也不定。每月最少时 2 元，最多时 6 元，甚至一度停发，她也不往上找。于是有乡邻就说她太"窝囊"了。她哑哑没牙的嘴，还是那句老话："俺不能再叫那孩子为难……"

沧桑巨变，奶奶一直不知道当年年轻区长的姓名，她只是一口咬定和我二伯父是一个队伍上的。我更无从打听到那位区长去了哪里，今在何方。但奶奶总说，那孩子呀，他还在当区长呢！

叫赤岸的山村

早就知道当年抗击日寇的八路军一二九师司令部驻扎在赤岸村，这是伯父曾经战斗的地方。近日到了涉县就想去看一看，想寻觅那段血与火浇铸的历史。

车出县城 10 多分钟便到了山脚下这个小小的村庄，路上有河水漫上路面，人和车涉水而过，我不知道这拦腰的河水叫什么水，联想到赤岸村，总觉得与热血、旗帜的颜色有关，与红色的信仰有关。后来问了当地的人，才知道这条河叫清漳河，竟是一个有些诗意的名字。

到了赤岸村，依次走进三座沉淀着红色历史的普通农家院落。上和下两院门前被五条小坡相连，故当年的师司令部曾用"五加坡"代号；下院原为村里的社房院，系老百姓祭祀诸神之庙。一二九师司令部会议室、刘伯承师长办公室和李达参谋长办公室，以及警卫员宿舍、伙房等都设在这里。流连其间，使我再一次重温史页上记载的人和事，这里的一草一木，斑斑驳驳的墙壁，坑坑洼洼的砖地，陈陈旧旧的遗物都无时不在叙述着当年所经历的一切一切，那个打着灰色绑腿的师长与理着平头的政委恍然走来。刘伯承、邓小平、李达、黄镇等老一辈革命家用过的衣被、毛毯还在，八路军战士用过的步枪子弹、草鞋布袜、军号马镫还在，当年缴获日寇的汽车部件、钢盔军刀还在，尤其那两棵由先辈们亲手栽种的紫荆树和丁香树，经历了半个多世纪的风霜雨雪，愈发繁茂馥郁了。我在感叹往事如烟的同时，却发现了在历史的遗迹上萦绕的缕缕头绪,在赤岸村的乡亲和当年那些革命先辈的心目中,这里并非只是一段回忆,更是一种思想、信念和生命的诉说对象,我渴望倾听来自岁月深处的声音。

此刻我仿佛真的听到了,后院隐约传来枪炮声喊杀声交织的历史回音,友人告诉我那里有当年司令部的作战室。刘邓首长在此指挥了大大小小的多次战斗,著名的三战三捷当数长生口、神头岭、响堂埔伏击战,其中神头岭伏击战是我军继平型关、广阳之战后又一次较大规模的战役,此役毙伤日军1500余人,而我军仅伤亡200多人,堪称典型的游击战法。我只是不明白,在当时敌我双方物质条件、武器装备极其悬殊的境况下,这片偏僻贫瘠的土地竟是怎样蕴藏和迸发了如此巨大的能量。

在这里我重新认识了两个人。一个是普通农妇李才清,一个是八路军副总参谋长左权。

在日寇烧杀抢掠的疯狂"扫荡"中,李才清带领丈夫和儿子将八路军的30多驮银行钞票、8箱银器、服装、药品掩藏在白土山里,即使鬼子把明晃晃的刺刀架在她的脖子上也临危不惧。随后,八路军有50多名伤病员被鬼子追杀,她又和全家人将伤病员分散掩藏在山洞里,冒着生命危险送水送饭,一直坚持到半个多月反"扫荡"胜利后,她保存的钞票一张不少,银器服装药品一件没缺,如数交给了部队。她掩护的伤病员也安全转移。对此她一家人却一直守口如瓶,直到1983年为人所知,被授予"八路军母亲"光荣称号。

八路军的"百团大战"给了日寇沉重打击,也激发了敌人报复性地更加残酷更加狡猾地"扫荡"。左权将军就是在带领战士突围时浴血奋战壮烈牺牲的,他是抗日战争爆发后中国军队在前线阵亡的最高将领,时年仅有37岁。我看见将军岭上及左权将军陵墓旧址旁,一簇簇山花绚丽绽放,禁不住随口吟咏了当年朱德总司令悼念左权将军的诗句:"名将以身殉国家,愿拼热血卫吾华。太行浩气传千古,留得清漳吐血花。"

由此我想,有李才清这样爱兵如子的民众,有左权这样身先士卒的将领,抗日战争焉有不胜之理!离开赤岸村的时候,将军岭笼罩在夕阳的金辉里，岭上站立的树木，像列队出征的将士和热烈迎送的乡亲，成为一组撼动灵魂的剪影。车驶离山脚，越走越远，岭西侧的夕阳，如一轮火红的朝阳从山脊处冉冉上升，使我顿悟在永生的意境里。

怀念是酒

记不清是谁说了，回忆往事的时候，就像剥洋葱一样，一层一层地剥开，总有一层让你流泪。

被储存的往事就这么一层层地包裹着记忆，哪一层里蕴藏着动人的情愫呢？那一天电视里播放一个当年北京插队知青重回内蒙古草原的节目，我看见一群人说着唱着哭着笑着，他们自己感动也感动着别人，一个个故人或一件件往事便在人们深情地倾诉中呈现出来。

谁的一生中没有值得怀念的往事？或许是到了怀旧的年龄，或许更是受了感染，我不知不觉地回想起当年回乡劳动的往事，立刻就有一个人走到我的面前，他就是洪大伯。

我知道洪大伯已经去世多年了。只要我一想起故乡，回忆追梦的年华，总会想到他。洪大伯早年在省城的一家粮店工作，五十年代初返乡务农，可以说大伯在当时是村里的文化人，他当了一辈子的大队会计，不管农活多么脏累，他总是把自己收拾得干干净净的，是属于受村民尊重的那种人。我们几个回乡务农的高中生，是洪大伯关注的对象，他细心教我们做农活儿，处处呵护着我们，印象深的有两件事儿：一件事儿是训马。当时生产队从内蒙古买来两匹马，俗称"生马胚子"，是需要经过训导才肯拉车拉犁的。两匹马性情刚烈，又踢又咬，我们几个半大小子不知深浅，每人执一根绳子拴在马的两条前腿上，以控制马儿，谁知马一受惊，却将我等拖倒在地，扬蹄狂奔起来。危急关头，洪大伯挺身而出，在制止这场险情之后，洪大伯涨红着脸，瞪着眼睛对我们喊："滚！"这个"滚"字包含了多少爱惜啊！

另一件事儿是铡草，当年生产队搞"秸秆还田"，就是将玉米秸秆用铡草机切碎，与有机肥掺在一起沤制，腐烂后再撒进田里作底肥。堆成小山般的秸秆儿靠两台铡草机切碎，有时需要昼夜不停地轮班作业，生产队长把我们编成一组，我们说笑着打闹着，往铡草机里输送秸秆，机器一侧便喷涌出浪花般的碎片儿，不知是谁"哎呀"一声，就见一同学的衣袖被机器齿轮咬住了。洪大伯如神兵天降般地冲上前来，一把将衣袖扯断，同学得救了。又见洪大伯像一头咆哮的狮子，冲着生产队长一通大吼："他们还是孩子，铡掉了手一辈子可怎么过？"生产队长赶快把我们撤换下去。当年铡草机咬人的事件很多，残了的人被乡亲们称作"一把手"，我就亲眼见过一青年农民被铡掉一只手时血淋淋的惨状。今天回想起来只有后怕。

洪大伯的关爱，当年我们并不知道感激，他的威严令我们望而生畏，甚至背地里怨恨过他。然而，几十年过后我懂得了什么是真情！"人生无物比多情，江水不深山不重"。跋涉过岁月的山水，问山问水能有多少不朽的情经得起长久浸泡在怀念里？我从此拥有了怀念便受惠于怀念。在知道真情的来路和去向之后，因被人爱而爱别人。

我想我的怀念正是这样一坛情酿的陈酒，我只管独斟独酌便滋补了心灵。

遥远的打更声

打更在乡村由来已久,是一种巡夜的古老方式,与打更有关联的语汇有更楼、更鼓、更漏等等。古人留有"主人不醉下楼去,月在南轩更漏长"的诗句。既然旧时有"夜分五更"之说,自然就少不了打更的更夫。

如今问问村里年纪最长的人,也难以说清是哪年哪辈儿兴起打更的了,只知道是"文革"后渐渐消亡的。近闻南方的一些村寨又恢复了打更的传统,那里敲更的器具是铿锵的铜锣和清脆的木鼓,响声似乎喧闹了些。而我觉得故乡冀中平原上的村落里,打更的木梆子声音低缓深沉,单调却有节奏,就像悬在空中的一架无形的挂钟,一分一秒地摆动着,使寂静的夜晚显得更加寂静,使空旷的田野显得更加空旷,也使安详的村庄显得更加安详。"梆—梆—梆梆……"那深深的黑夜里木梆子敲更的声音又沉沉地传了过来。乡村的奶奶用干瘪的手心轻轻抚摩一下我的额头,打更了,睡觉了。这缓缓游动的打更声,曾是我童年记忆里一首伴我入眠的曲子。今天回想起来,那曲调竟然悠长而遥远,温馨而诗意。

打更的梆子是将一块长方形硬木掏空了做成的,拿在手里用木棍儿边走边敲打,深夜里发出空洞的声响。在老电影《平原游击队》里就有这样的镜头,伴着"平安无事喽"的吆喝声,打更的木梆子声由远及近、由近及远地四处飘荡,游击队员们在梆子声的掩护下该干啥干啥。当然这中间也有个谁打更和为谁打更的区别。实际上,古老的打更本身就是一种较为被动的治安防范手段，无疑是在告诉对方：我来了，快躲开吧！但是声声打更声就好像一个个报道平安的音符萦绕和护佑着乡村的梦。只要打更的梆子声响着，村民们就睡得格外踏实。也不能否认，这无时不在无处不有的打更声，会对一些歹人产生一定程度的心理震慑，使一些鸡鸣狗盗之徒望风而逃。更重要的是村子的房屋都是土木结构，多是芦苇或者秫秸铺就的屋顶，家家户户相连，一家一户失火必殃及整个村落，所以打更在防盗的同时，防火也是一大用处，一旦打更声停顿或是变得急促起来，那定是有了情况，乡亲们自会起身呼应，或擒贼或灭火，尽显众志成城之村风。

村里的更夫应该是成年男人们轮流着担当的。我本家族的一个老汉因单身一人，无牵无挂，"三天不回家也饿不死小板凳"，便自己要求长年守夜打更。在我模糊的记忆里，他夏日里总是穿一件白粗布褂子，敞着胸不系扣子；冬日里裹一件黑粗布的破棉衣，腰间扎一根布带子。他说他是一只孤雁呢。据长辈人说南北迁徙的雁阵，雁群里的没有配偶的大雁要飞在最后一个，到达宿营地，大雁夫妻们成双成对绕颈而眠了，唯有孤雁是要打更守夜的。真是无法想象，更夫的角色要演绎多少凄美动人的尘世故事啊！

时光创造和磨灭了世间的许多东西，包括已近绝响的打更声。唯在我悠悠的情怀里依然保存着那种乡村化石般的天籁之声，珍藏在那些深深的黑夜，珍藏在那些逝去的岁月……

男儿击水到中流

故乡小村的北边，流淌着一条叫滏阳的河。枯水季节河水偶尔会断流，可一到汛期河水就猛涨，有时部分河段河水能溢出河床，河面宽处足有二三百米之阔，很有些气势。

当年我站在滏阳河畔上，就不由联想到课本里毛泽东那些雄浑的词句。虽然眼下没有"湘江北去，橘子洲头"的胜境，但我不乏"恰同学少年，风华正茂"的时光，更有"到中流击水，浪遏飞舟"的畅想。夏天炎热，成年男人们常常去河里洗澡或是叫作游泳，男孩子也常跟着下河，随即也不时传来某某村某某人被河水淹死的消息。家长们不得不加紧对男孩儿们的管束。由于母亲溺爱，父亲又在数百里外的城里上班，我当属严管之列。在别人眼里我是那种不敢玩水也不会水的乖男孩儿，母亲自以为盯得我很紧，也深信不疑。

然而人是长着腿的，不然逃不出母亲的视线。一旦学校放了暑假，更有了自由的空间。母亲忙着生产队的农活儿，我们一群小伙伴儿就去河边割草，也趁机悄悄溜进河里戏水玩耍。

当时年幼无知，无知也无畏。记得一次我和本院的小哥去河边割草，我们还不会游泳，却异想天开地要到河对岸去看看。他只比我大一岁，背着我向河心走去，我看见河水渐渐地漫过了他的嘴，接着又漫过了他的鼻孔，他极力仰着脸儿，然后身体向上一蹿，换一口气；再向上一蹿，再换一口气。就这样，我们终于强渡成功。可从对岸返回时，他脚下一滑，我俩全没入水中，各自乱了手脚，心想这下儿可完了。幸好头脑还清楚，我们在沉没的一瞬，看清了对岸的方向，一个猛子潜下去，顺着河底向岸边一通猛爬，只觉得在水中的时间很长很长，好像过了一个世纪。灌了几口水仍一个心思向前爬，爬呀爬，突然觉得有什么东西顶住了头顶，抬脸一看，哈哈，我俩的脑袋已抵在河岸上了。时至今日，回想起那次历险，仍有些后怕。

或许正像母亲所担忧的那样，担忧我的少年轻率和莽撞。母亲严防我下河游泳便自有一套检验方法，她每次用手指甲在我的胳膊或脊背上轻轻划上一划，如出现一道白印儿，就证明我去游泳了；如无白印儿就算过关了。这些我自有对策，我从河里出来，再跑出一身汗来，保准儿次次过关。但有一次还是被本家大妈撞见并告密，遭母亲一顿痛打。母亲谆谆教导："孩子，咱不学水性，淹死的都是会水的。"我向母亲允诺：今后再不敢下河了。

不久，我依然我行我素，只是愈加隐蔽了。我们几个要好的伙伴儿，立下攻守同盟，轮流有一人在岸上负责运送大伙儿的衣物，其余人等下河，一口气顺流而下几里地才肯上岸。

在风浪中我学会了游泳。17岁那年，我以优异的成绩高中毕业，当时还未恢复高考，再无学可上，只能回乡劳动。一次我和乡亲们去河边捞麻，这种麻收割后，先要放在河水里沤制，然后才能将麻皮剥下来，晾干后拧成粗细不等的麻绳备用。可在捞麻时，由于栓麻的绳子久泡变腐，部分的麻捆儿散落被河水冲走。岸上都是等着剥麻皮的妇女，河边两名持铁钩拖麻捆儿的老汉上了年纪且不会水。怎么办？眼瞅着劳动的成果付之东流，大伙儿急得没办法。带队的妇女队长失望地回凑瞅了我一眼，一向好强的母亲顿时目光暗淡下来，也只能无奈地叹口气。忽然间，我甩掉长衣长裤，纵身一跃扎进河里。所有人都大惊失色，母亲的喊叫声都变了音儿。这时我从水中钻出头来，向着岸边扬手一笑，随即一个利落的划水动作向浮动的麻捆儿游去，岸上一片欢笑。母亲转惊为喜，她笑着骂着……但她是骄傲的，她的儿子长大了，长成男子汉了。

光阴似水，如今我的儿子也已过了我当年的年龄了，年逾古稀的母亲还不时询问：咋不教教孩子学凫水呀？可故乡的河水呢，已经没有了当年的壮阔和清洌。在城市的游泳池里,我无法再找到那种劈风斩浪、激流勇进的畅快感觉。前不久,有友人从长沙的橘子洲头旅游归来,他说在湘江中流击水的仍是一群风华正茂的青年男儿。我想,那里一定有我当年的梦和梦中的我。

荧屏前的时光

我最近有机会到海南一游，乘坐的列车上有电视播放着新闻和娱乐节目，人们只是有一搭没一搭地瞅上几眼，没有多少人在用心地观看。电视就好像车厢里的一个普通旅客一样，再也吸引不了大家专注的目光了。

坐在手提电脑旁正忙着上网聊天的小伙子说，电视内容太单调了，哪有网上精彩雷人啊！一个中年汉子说，这不挺好吗？电视里播放啥咱就看啥，省得乱调台了，打发时间呗！这样很随意的一句话却触动了我，使我的思绪顿时回到了30多年前，联想起当年在单位大院里集体看电视的情景。

在我的记忆里，当年电视荧屏盛满了青春的期待和向往，那简直就是一方放射着七彩梦幻的魔镜。之所以对电视走火入魔，是因为那个时代文化娱乐极度匮乏。仔细想，当时在我们身边又有多少可以愉悦心情的活动呢？看电视无疑是最好的选择了。可是电视哪里有呢？

当然我的奶奶是看不上电视的。当年奶奶居住的村子里没有电视，甚至还没有交流电。在城里工作的父亲就想方设法为奶奶攒了一台收音机，就是乡亲们所说的"戏匣子"。那种土造的收音机外形笨拙粗糙，用1号电池，音量大但音质差，乡亲们照样听得如痴如醉。在回到老家的时候，我亲眼所见那些晚风习习的夏夜，劳作了一天的乡亲围坐在一起，美美地收听"戏匣子"里播放的戏曲。深邃的天空上，星星是眨着眼睛的，使得乡村的夜晚神秘和恬静。这时的奶奶必定身处人群的中央，手里摇着那把破旧的蒲扇，盘坐在一只大大的蒲团上，骄傲地就像个女王。那一刻我忍不住笑了，心里说这算什么呀！只能听见声音。我说我在城里还能看见电视里的人影呢！乡亲们闻听都啧啧称羡，唏嘘不已。

其实，那时我在城里看电视也是有很多限制呢，比如单位晚上开会或政治学习，是不允许开电视的。当时最羡慕的是管着电视的王姓管理员，那台金贵的电视就被一个特制的木柜子锁在里面，是谁也不能随便"染指"的。只有等人们在电视机前早早地或站或坐聚了一大群，管理员才慢悠悠地打开柜门，扭动电视机上相关的旋钮，大家就像看今天"神舟"飞船发射时科技人员摁下按钮一样，那感觉真有些高深莫测。当年开电视可是个技术活儿，即便是我等一帮小青年在一旁看得多了，已经将所有机关熟记于心，也是不能随意操作的。就像驾驶员必须有驾驶执照一样，主要是要具备资格的。那个极负责任的霸道管理员总是不容争辩地选定频道，暴露出一副技术垄断的面目，他严正声明："不许动电视，谁弄坏了谁赔！"大家就被吓唬住了，当时的微薄收入谁能赔得起呢！

大家安心看电视好了，能看上电视就很幸福。记得是正在播放一部反映一位无名英雄战斗在敌营18年的影视剧，剧情跌宕起伏、险象环生，大家正看得上瘾呢。不料一阵强风将楼上的天线刮倒了，于是一帮人像抢险救灾一般迅速爬上楼顶，楼上楼下地奔跑呼喊，向左向右地调试，南北东西地寻觅天线的最佳角度，荧屏上山影水影人影奇形怪状地忽闪变幻，经历一番折腾图像终于平稳下来了，只见电视荧屏出现了播音员似笑非笑的面孔：观众同志们，今天的节目播放完了，再见。

时光荏苒，改革开放走过数十年风雨。我所感怀的电视机也从最初的奢侈品走到了今天的大众消费品，尺寸有小变大了，体积由厚变薄了，颜色由黑白变彩色了，种类由简变繁了，什么投影、等离子、液晶不断问世……面对如此琳琅满目的电视家族，今天说起过去的有关电视往事已经成为一个笑谈了，但相信每一个亲历者都会把以往那段荧屏前的时光珍藏在心里。

理想的选择

晴朗的夜空里,视线也晴朗,思绪也悠长。

站在阳台上想以往的同学和战友,如今分布在天南地北少了联系,时而也有消息传来,谁谁升了官,谁谁发了财,谁谁又如何如何了。一个个或明或暗的容貌闪现于脑际,就像苍穹中的星斗,各自占据各自的位置,尽管有的星儿在视野之外,但依旧不能否定它的存在。显眼不显眼,只是取决于绕身的光环而已。

30多年前我刚参军时,新兵连的第一堂课是革命战士理想教育。连长说:革命战士是块砖,哪里需要哪里搬,垒进大厦不骄傲,砌进厕所不心酸。总之一句话,自己的理想就是服从革命的需要。自己需要做的只是哪里艰苦就到哪里去,尽管积极表现就是了。我记得当年最抢手的位置一是炊事班,二是饲养场,喂人喂猪都是锻炼意志实现理想的岗位。于是争先恐后地写求战书决心书,死乞白赖地缠着领导,真心实意地接受考验,在当时想争得这样一个有利于进步的位置谈何容易!因为那里入党快提干快。用指导员的话来说,那里是革命大熔炉里火红的炉膛……

30多年时间不太长,在历史的沧海桑田里只是弹指一挥间,望日月行空,江河流地,山脉纵横。30多年时间不太短,在短暂的人生中足以让一个毛头小伙儿变得两鬓染霜,现满脸皱纹,孙儿绕膝,晚年景象。总之人生易老天不老,人真的不经活,所以有人调侃说,稍不留神就活成了一个老头儿老太太(平平安安过来也不容易)。好像几十年还没有来得及活明白呢,一晃儿就垂垂老矣。但我丝毫不认为最初的纯真和热忱是无谓的幼稚可笑,无怨无悔是因为无愧于那年那月那时的青春时光。

有一天,我在人流如潮的大街上邂逅了一个老熟人,是原来部队的老战友。只是他比我入伍早多了,我记得他是"文革"前最后一批大学生。我问他过得还好吗?他说退休了,还好,生活无忧!只是谈起当年,感叹复感叹。他说当年和他一起分配到部队的有10名大学生,当时可是部队招来的宝贵人才,先到一个部队农场接受劳动锻炼,然后再分到各大机关部门任职。或许是农场的领导有意要考验考验他们,发给每人一把铁锹,令他们到猪圈里起肥,望着污浊肮脏臭气熏人的猪圈,他们面面相觑,有些犹豫,是他第一个跳了进去。实习结束后,十里挑一,只有他被留在了部队农场。后来当了场长,一直干到退休,被战友们戏称为"庄稼兵司令"。而他的9位同学最后都是或军或师级以上干部了。他说他并非后悔,只是想说当初是自己主动站出来让组织挑选的,而他欣慰的是没有辜负领导那份信任那份期望。对于他来说,他没有机会做一名军事指挥干部,但他的确使一个部队农场场长的岗位熠熠生辉。

因为生命中的某些机缘,阴差阳错,神使鬼差,更多的人只能被动又主动地续写着自己的人生故事。任凭时光在世俗的河床里静静流淌,默默述说着各自的欢乐和忧伤,相信每个人的心头都有不可触动的痛处,不碰也疼,一碰流泪。那是在夜深人静回忆往事的时候……

往事似乎尘埃落定,生长和变化是一切生命的法则。或许昨日的答案已不能回答今天的话题,每一代人都有风靡一代的美丽理想。谁都知道实现理想必要依托一项事业一个位置,可当我们没有条件也不能创造条件自主选择理想时,我们能否在现有的岗位上去培植理想收获理想呢?

今天,或许有人仍然站在一个自认为并非理想的岗位上,问你。问我。想想吧,每个人都应该是大地上行走的一颗星星,有自己的轨迹,发自己的光。

心存感激

人一生下来就融进大千世界，心存感激是一种随身必备的人生态度。

心存感激，是因为懂得感恩。就是知道对别人给予的帮助要表示感激，这是一种处世哲学，也是生活中的大智慧。洛克说："感恩是精神上的一种宝藏。"尼采说："感恩即是灵魂上的健康。"我国更是不乏有关感恩的名言名句，譬如"滴水之恩，当涌泉相报"、"谁言寸心，报得三春晖"、"淡看世事去如烟，铭记恩情存如血"等等。

一朵美丽的鲜花绽开了，应知道感激那些绿色的枝叶、地下的根须和肥沃的土壤；结满香甜果实的秋天，应知道感激储势的冬天、发芽的春天和拔节的夏天。

那天，我看到电视里直播一位患白血病的内地少女如何接受台湾同胞骨髓捐献的节目，置身一幕幕动人的真情实景，真切地感受血浓于水啊！画里画外的人们情景交融，情不自禁流下感激的泪水。

心存感激使人在感激别人的同时崇高了自己。

一个取得了显赫功绩的人，也知道感激那些身前背后直接和间接襄助的人们。伟人毛泽东就是一个心存感激的人，早年母亲去世时，年轻的毛泽东心如刀绞，泪如泉涌，守在母亲的灵前，油灯如豆，慈母的音容笑貌浮现眼前，泣血写下饱含深情的《祭母文》和两幅挽联。他在《祭母文中》写道："有生一日，皆报恩时；有生一日，皆伴亲时……"其中一副挽联写道："春风南岸留晖远，秋雨韶山洒泪多。"当时主持祭奠仪式的是毛泽东的族兄和老师毛宇居，他在毛母的灵柩前缓缓展开这篇祭文，沉痛诵读后感触颇深，遂在文末批注："此文脱尽凡俗，语句沉着，笔力矫健，皆是至性流露，故为之留存，以为吾宗后辈法。"建立新中国之后，开国领袖毛泽东念念不忘当年为其提供资助的章士钊老先生，执意坚持用10年时间还清了这笔旧情。一直到晚年，他没齿不忘推动历史前进的是人民群众，他在观看《难忘的战斗》等电影时，当出现成千上万的老百姓为我前线将士运送弹药、粮草以及欢迎解放军胜利入城的场面，他都禁不住泪流满面，无法掩饰由衷的感激之情。正是这样，更增加了一层我对老人家的爱戴和崇敬。

心存感激，使人在感激别人的同时鞭策了自己。

国家的公务员在拿到俸禄时别忘记感激所有的纳税人，这可是他们支付的钱呀！正如卢梭所说："感恩是必须承担的义务。"由此每个人都应时常扪心自问：我该如何履行应尽的职责？怎样做才是名副其实地为人民服务？时刻不忘人民的养育情？雷锋就是一个典型的例子，他是一个孤苦伶仃的孤儿，是新中国的阳光雨露哺育下长大成人的，正像歌中唱出的："唱支山歌给党听，我把党来比母亲……"不管别人怎样曲解，但千真万确，相信这就是雷锋的心声。他始终抱着赤诚的孝子心态，一言一行都在报恩，一心一意回馈社会。所以他要"把有限的生命投入到无限的为人民服务之中。"

心存感激使"人人为我，我为人人"的理念潜移默化为具体的言行。

我原居住的大院里就有几位从枪林弹雨中走过来的老人，可以说把一生都献给了新中国的创立和建设。但他们并不居功自傲，也不认为自己亏了什么，一直感激党和人民教育培养了他们，一直感念为国牺牲的战友，不忘艰难困境里人民捧出的箪食壶浆……于是他们时常寻思：身后还能为国家为人民做些什么？突然有一天他们在报纸上看到了一条可以为医学研究捐献遗体的消息，几个老人就想死后捐献自己的遗体，但是去了有关机构，却遭遇了意料之外的漠视，这难道只凭一句"好事多磨"的老话便能解释清楚吗？他们或许不企求得到感激，但天地岁月、世道人心需要感激的抚慰。

我在想，全社会的人都应该学会感激懂得感激。尤其需要教育年轻一代，防止成为"白眼狼"一类的社会人。从孩提时期就要开始，在接受别人的一片心意时，不要吝啬自己的感情，不要舍不得说"谢谢"二字。记得有一位著名的医学教授，在教学过程中，总是胸怀满腔感激之情，身体力行引导和影响着自己的学生。他在上课之前，总要带领大家面向用于教学的遗体伫立默哀、鞠躬致谢。他教学生，既教会了专业知识也教会了感激。

想到此情此景，我有些动容。我只想对这位令人尊敬的教授说：让我也来感激您！是您在教我们懂得感恩。

天籁之音心上来

我与老冼邂逅实属偶然。

那是一个溽热的夏日午后,摄人魂魄的琴声却如天籁之音无形地飘浮在空中。我听清了这是电影《辛德勒的名单》的主题音乐,极其抒情的小提琴独奏真切感人、凄美而温婉,给人以强烈的艺术感染力。这琴声并没停留于对那场人间悲剧的极度控诉,而是引领人们用心去沉思、醒悟、缅怀和憧憬着什么……

我被琴声吸引,走到一间名为冼氏提琴店前停步。琴声竟戛然而止,我不得不多看了一眼,隔着门窗玻璃望见一个中年人异常专注的背影,很显然是他暂停了演奏,正在凝神端详手中的一把小提琴,不知是探究、是思索,抑或是欣赏,完全是一副令人心动的痴迷神态。

心想,我居住省城多年,每每从此路过,总是行色匆匆,还不曾留意过这样一处陶冶性情之所。出于好奇和对音乐的喜爱,我不自觉地做了不速之客。

对我的突然造访,老冼有些漠然,甚至说有些冷淡。这在此后的交往中自然有了合理的解释和理解:首先是时间紧迫,我有时找他修一把破旧老琴,他也会推脱掉。他长年累月,制琴卖琴,与客户签下的订单颇多,手头的活计排得很满,没时间与人闲聊,没必要无谓地耽误工夫;其次是琴觅知音。他制琴为生,以琴会友,拉小提琴、谈音乐方为知音,没兴趣谈论其他;再次是交流不便。他听力甚微,需要看着对方口型对话。

老冼告诉我，他制琴并非单纯缘于生计，而是有一种浓浓的难以化解的情结在心里。

老冼的父亲是医学专家，酷爱音乐，会拉小提琴。母亲是一位小提琴演奏家，是一代小提琴大家马思聪的得意学生。她有一把18世纪意大利小提琴，那是用几块金砖换来的昂贵乐器，被视为无价之宝。却在"文革"时被抄家抄走了，从此难觅踪影。失去爱琴的母亲惋惜不已，痛苦至极。老冼当年11岁，他对母亲说，我要给妈妈做琴，做一把最好最好的小提琴。那时候没制琴工具且材料匮乏，找一截白松木作琴头，两块五合板作了面板，琴体没有弧度。当他把这个堪称雏形的小提琴拿给母亲时，妈妈爱抚着他的面颊，想起这个从小时耳聋的孩子，禁不住流下感动的泪水。

失聪少年立志做琴，像是天方夜谭，谈何容易。老冼儿时发高烧，因青霉素过量导致听力顿失，是母亲让他看着、摸着自己的嘴唇，一个音、一个音地教他学说话，其间的艰难和坚持可想而知。9岁时，父亲托人从国外捎回一个助听器，老冼靠着父亲的助听器和母亲的"读唇语"开始与外界交流。母亲用小提琴尽可能拉出一些中、低音，对他进行音乐训练。父亲把国外有关小提琴的资料翻译过来，提供给他借鉴和参考。

由于耳聋，老冼高频和低频的声音听不到，只能听到中间音，而小提琴是什么音也不可缺的。怎么办呢？老冼有自己的办法，他相信其间必有规律可循，试想同是一块块杉木和枫木组合，为什么在制琴大师阿玛蒂手上就能变成世界名琴呢？他解剖琴体，思考部件的相互对应关系，包括形状大小和变化，油漆的成分和配比，都蕴藏着灵感和奥秘。他附耳于琴弦之上，感其震颤的频率和韵律，犹在无声世界里捕捉缤纷的绚烂音符，他找到了一条通向音乐天堂的心路。他说制琴师要学会演奏，才能制造夜莺般的美妙音色，不然与木匠又有什么区别呢？

数十载磨一琴。1998年，老冼在美国第13届国际提琴制作比赛中，荣获小提琴音色优异奖。当人们看到获奖者"Baokang Xian"时，惊叹这是一个中国人。当地的华人协会就想找到他，可惜他不在现场，后又了解到他是一个耳聋人，更觉不可思议，引起强烈轰动，有记者设法联系他采访他，一个制琴师的故事就登上了美国报刊的版面……

老冼成功了。他得到褒奖，捧着获奖的小提琴含泪默立在母亲遗像前："妈妈，您看啊，您看我给您做的小提琴……"母亲依旧微笑着、看着他。

老冼制琴从不敷衍和懈怠，因为他觉得一生都是在为母亲制琴，为爱制琴。

老冼今已年近花甲，制琴技艺却正值鼎盛壮年。他被评为国家一级高级提琴制作师，据说全国仅有31人获此殊荣。

老冼认为小提琴被誉为乐器皇后，是世界上最美丽的乐器。其完美的造型一问世就受到推崇，几百年来几乎不需改动。想要赶上或超越提琴制作大师的世界水准，其突破口应该有所选择。通过用心推理，不断地实践，在制琴、上漆等工序上自然就具备了独特的过人之处。

在他优雅的工作室里，有与意大利提琴制作大师莫兰西的合影，四处摆放着大提琴、中提琴和小提琴，皆是他和徒弟们的心血之作。里间的操作台上，放着计时的闹钟和提琴图谱等，墙上有序地挂满各种制琴工具。最醒目是他的座右铭："正统、古典、严谨、工整、线条清晰，且不能显出刻板的匠气，不乏游刃有余的灵气。"

琴动心弦啊，他说让爱渗透琴的细胞里，每一把琴都是有灵魂的，心灵对话，用心聆听。

延伸的天路

友人问：你在哪里？我答：在西藏。

手机里立刻传来朋友的抱怨：去好地方没叫上我啊！

从拉萨到日喀则，建设中的拉日铁路脉络清晰，时隐时现，牵引着追寻的视线不断向上向远，我等赞叹，好一条延伸的天路。

越野车沿雅鲁藏布江边的道路奔跑，两岸山脉起伏蜿蜒，望山脊棱线分明，呈现钢铁质感。江水在峡谷中荡漾奔流，时而湍急时而舒缓，听一曲雪域交响，顿觉悠远苍莽。这一刻我感到内心纯净，蓝天白云，空气清新。好像由生命的原点飞向精神的故乡，无须借助想象的翅膀，只要伸展双臂，就足以抵达俗尘不可企及的高度，心上的大路正通向撒满阳光的梦想天堂。

就这样一路上心驰神往，不时有神鹰在天空盘旋，山坡上有随处可见的牦牛和羊群，它们在悠然地走动和吃草，而在前方，不远的远处，好像总有金碧辉煌的寺庙与多彩的经幡一直呼唤着我们。

我的脑海涌现的全是"朝觐"、"佛法"、"虔诚""转经筒"等词汇，直到发觉越野车颠簸起来，随即停在一处隧洞口，我们走下车来。

深秋的风中已有了些许的凉意，我禁不住打了一个寒战。可是，一接近正在施工的吉沃希嘎隧道，霎时就被大山肺腑的热浪席卷过去，犹如进入蒸笼一般。拉日铁路副指挥长介绍说，这里的热岩温度可达摄氏52度。经过多处地质勘探，铁路从这里穿行已是最佳选择了。无处绕行，只能采取通风、洒水等一系列降温措施，以保证人员能够正常施工。我分明听到隧洞上方粗大的通风管道呼呼有声，这是大山的呼吸吗？试想大山沉寂亿万斯年的记忆，被人类旋转的钻头瞬间点亮，应该释放怎样的一种渴望或眷恋？一直向前推进的掌子面，施工中不断迎接着高温热岩、软弱围岩、断裂破碎带等地质灾害的挑战。其间我特别留意到"岩爆"这个极具张力的名词，感叹大自然竟有如此惨烈的恶作剧，一想到周身的岩壁里，有可能在任何地方潜伏着无数埋有"炸药"的炸点，不知什么时候突然爆炸开来，飞射的石头立时成为呼啸的弹片和子弹，后果委实叫人不寒而栗。然而谁也阻挡不了掘进的脚步，这里昼夜是机声喧嚣、水火交集、汗流浃背、豪气干云的鏖战场景。

隧道就是大山的神经，铁路就是筑路人的化身，血肉的根须，钢铁的枝蔓，就从这里生长延伸出去，延伸到神州大地的每一条钢铁血脉中去。

在这里我知道了拉日铁路除了吉沃希嘎隧道，还有甫当隧道、帕当山隧道、达嘎山隧道等29条长短不一的隧道，全长72404米。其中最长的隧道就要数盆因拉隧道，长达10410米。在那里我结识了已经56岁的邓永荣。我对他名字的解释是：永荣，永远光荣。

他曾是一名铁道兵，他说他们师当年有193名战友为建设青藏线壮烈捐躯，永远长眠在这片高原圣土。今天他又受命担任一个项目的领头人，当他听到有职工说，想去西藏旅游的人，都要忌讳高原反应，担忧身体消受不起呢！何况我们还要修铁路，干体力活儿！老邓说我先上去，你们跟着上，就像当年解放军上战场，冲锋陷阵时干部总要冲在最前面，老邓带着这支队伍冲了上来。

望着老邓一脸庄重的神情，一种敬佩之情油然而生。实可谓："将受命之日则忘其家，临军约束则忘其亲，援枹鼓之急忘其身。"在他身上所体现的，正是十足的战士品格，永远的战士本色。

他们是一群以血肉之躯穿越大山的人，让石头开花结果的人，甚至能让大山敞开心扉开口说话，让带着体温的钢轨生发爱恋和感动，让身边的一草一木感知真诚和温暖。老邓说，在施工的同时，他们投入人力物力，无偿为驻地藏胞建了一座简易桥，当地民众因此可以少走30多公里路程，这桥被称作"幸福桥"。紧接着他们又为附近一个村庄建了储水池，不但解决了多年困扰村民吃水的难题，还用剩余的池水浇灌土地。

竣工时，藏胞们载歌载舞，向拉日铁路的建设者们敬献了哈达。大家说着相互祝福的话："扎西德勒"、"扎西德勒"！

老邓说，当然，也祝福拉日铁路早日建成！扎西德勒！

随后，我们来到雅鲁藏布江第一桥，这里的人们都习惯称其为雅江1号大桥。工人们正在紧张施工，江水流淌的峡谷里已经矗立起一排高大的桥墩，有人说这多像一巨型的排箫啊，正好吹奏一段《天箫吟唱》的梦幻时光。我却觉得它更像威武的将士，挺身站立在激流之中。仰望靠近江心的几尊桥墩足有60米高，愈发显得器宇轩昂，他们是当之无愧的中流砥柱。

大家都记得，初建这些桥墩的时候，雅江的上游突降暴雨，一时间江水暴涨。说时迟那时快，真叫猝不及防，眼看一台作业的挖掘机被咆哮的江水包围，就要涌进驾驶室的窗口了，司机困在里面无法逃生。人命关天啊！指挥部紧急调来吊车，伸出长长的吊臂刚把司机捞出来，江水顷刻就将挖掘机吞没了。

悬乎吧？危险吧？他们只是淡然一笑，说，这只能汲取教训了。

如今在桥墩之上，铺设中的桥面正在高空中不停地生长，绑扎，搅拌，浇注，震荡，钢筋水泥在生命的模具中孕育成熟，经历时间与风雨的沉淀和磨砺，渐显立体的坚毅和俊朗。

同样坚毅和俊朗的还有一群建桥的年轻人，包括桥梁队的队长安再贤也是一位80后的青年，他们当中有很多人是子承父业的"铁建二代"，黑红的脸膛上袒露着高原叠印的风霜和阳光。他说，他们这座大桥870多米长，20个桥墩，最大跨度130多米。如果不是亲眼所见，真不敢相信这么庞大的建筑会出自他们之手。呵，后生可畏！后生可敬！

高处，更高处，醒目的塔吊上红旗猎猎，作业的小伙子向我们招一招手，吊车的长臂也随之挥动起来。有人告诉我，为保护环境，厕所建在远离江边的地方，也为节省上下时间，吊车上的小伙子戴上了"尿不湿"。我顿时哑然失笑，联想到大都市里为了应对长时间堵车，不少开车的人都备有这种东西。两者只是区别于主动与被动，无奈与无悔，目的和意义自有了不同阐释。

说话间起风了，风的淫威无处不在。风摇动着岸边的柳树，那些柳树衍生出多条树干，又彼此搂抱在一起。风吹动着沙尘，沙尘像水一样流动，司机师傅说，附近的一个沙丘今年又挪了位置。副指挥长对我们说，放心吧！有专人负责测量风力，桥墩上超过6级风就停工，保证绝对安全。又说现在生活条件都改善了，工地有专门的医院，工人定期检查身体，宿舍里备有抗缺氧等保健药物，有彩电、象棋、扑克、图书等学习娱乐用品。拉日铁路能够留住身，也能留住心了。

大峡谷的风吹痛了我的脸颊，我下意识地用手呵护，抬头望见高空的桥头处，那些忘我高蹈的身姿，突然与在建的大桥融为一体。他们的喜怒哀乐，他们的酸甜苦辣，更多的是我们无法看见的，就如同桥墩下的桥桩一样，被江水和泥沙深埋的部分，更是他们甘心奉献、默默担当的可贵之处。

我知道拉日铁路除了横跨雅江的3座大桥，还有最长的拉萨河特大桥，一共有大大小小116座桥梁。试想一下，这些桥梁该需要多少这样的建桥人呢？

可以深信，所有的建桥人都与桥梁血脉相通，骨骼相连，他们站立成桩，躬身为桥，每座桥梁都是建桥人精神的雕像。

告别大桥人，我们来到一处海拔3800米的营地，与拉日铁路的建设者共进午餐，席间不时有女炊事员面带微笑端上饭菜，话题也跟了上来。遂说起建设大军中的女人，有人说这地方好像有"养女不养男"的说法，发现女人更适应高原工作生活，只是性别所赋予的母性，比起男人来，对家人尤其对孩子的牵挂和惦念表现得愈加显露和浓郁些。

于是，我们听到了周霞的名字，一个年轻母亲的感人故事。

周霞是工地上的一名试验员，她要负责施工中的所有试验项目，包括钢筋的硬度，水泥的标号、建材的配比、温度的控制以及沙子的纯度等等等等。工地上离不开她呀，她也离开工地。为了建好拉日铁路，她和同是工友的丈夫连续几次推迟婚期。后来，结婚了，怀孕了，直到临产的前几天才赶回山东老家，生下孩子50天就决定返回工地，把孩子留给了母亲喂养。记不清已经暗暗下过多少次决心了，当真的要走出家门那一刻，她感到一颗心被扯碎了，在奔向车站的路上，她一边流泪，一边念叨：孩子原谅妈妈、请原谅妈妈……

思念是幸福甜蜜的，思念是痛苦酸楚的。白天的时候，周霞在施工现场、在实验室、在任何场合都会全身心地投入工作，不停地化验、试压、校正、整理资料……她就怕闲下来，她说一忙起来什么都顾不上想了。可是一到夜深人静时，孩子的小脸儿、孩子的眼睛就浮现在大脑的荧屏上，实在睡不着，就爬起来到屋子外看星星，朝着家乡的方向，寻找一颗会眨巴眼睛的星星，那一定是孩子的眼睛，你看多明亮啊！抹一把脸颊，满脸泪水……孩子长到满1周岁了，周霞请采购员从拉萨带回了一个生日蛋糕，当晚她和丈夫点亮蜡烛，双手合十，为儿子祝福。通过手机和儿子通话，她对儿子说：宝宝，你不认识爸爸妈妈吧？那就请记住我们的声音吧！她和丈夫深情地唱着："祝你生日快乐！祝你生日快乐！"一遍又一遍……

在此期间，单位的领导几次对周霞说，想孩子想得厉害，就回家看看吧！周霞执意不回，说要等孩子再长大一些，让家人带他来吧！这一天我们恰巧赶上了，周霞的母亲带着1岁多的孩子来到了高原。有人开玩笑说，这是工地上年龄最小的援藏志愿者，但有一点是真切的，他在雪域高原迈出了人生最坚实的一步。我们没有看到她们母子相见的动人场景，但我们看到了周霞，长得高挑身材，姣好容颜，她用一双会说话的大眼睛闪烁着幸福和快乐。

在拉萨南郊桑达村附件的制梁场，我们遇到了另一个女人。她叫胡生艳，是一位质量监理员。

远远望见高大的拌和站，一个倒立的锥形体酷似一只高脚酒杯，有诗人在现场吟咏：建设者斟满一腔赤诚和誓愿，要为拉日铁路早日通车庆典！干杯……

在制梁场的现场，橘红色的龙门吊来回移动，大型的料斗高高悬起，准确向偌大的模具中注入混凝土、砂石、煤粉等，当然还有制梁工人的心血和汗水。随后50多台振荡器轰然鸣响，给人强烈的震撼力。再后就是保温、保湿、保洁，凝聚时间的能量。

一孔32米长的钢筋混凝土梁凝固出来，就如同一节铮铮作响的脊骨，拉日铁路需要链接多少节这样的脊骨呢？现场的技术员说，这里生产三种规格的这种支梁，大约需要1300多孔吧！1300多节脊骨就是一条拉日铁路的钢铁脊梁啊！

制梁的整个工序看似一套粗活儿，可工人做起来必须精益求精，一丝不苟，他们把支梁两侧裸露的钢筋接头打磨得锃亮，然后还要为其穿上迷彩的衣裳。

我确信这一群为拉日铁路制梁的人，也是一群匍匐下身躯可为栋梁的人。总觉得他们坚韧的脊背上，背负着难以估算的分量，是责任，是理想，是爱情，是长长的铁道线，是飞驰的车轮，是喜马拉雅山的嘱托……

临近正午的时分，高原太阳紫外线正强，胡生艳走了过来。我见旁边两位绑扎钢筋的姑娘，全用帽子和大面罩把脸部遮掩起来，遂问她为什么不像她们那样，她先笑了，说，我已经脱过一层皮了，不怕太阳晒了。

我来西藏之前，听人说内地人到了高原，受了雪山圣水的洗濯，得了高原阳光的普照，总要先脱下一层皮来，这就叫洗心革面。不经过这样的修炼和洗礼，是不能随便夸口轻易冒充高原人的。

我确信这个世界存在一种使人脱胎换骨的力量。于是我刻意瞅了一眼胡生艳的脸，想看看她的"高原红"。她只管一边检查制梁环节的某个细节，一边回答我们的问话。她微笑着说，她上青藏铁路已经4年了。家在四川成都，家中有一个孩子，上高中了，一年能见上一面……

她的语气轻松平淡，表情从容自如，听不到内心深处一丝波澜。

征得同意，我们到她的宿舍做客。一间简朴整洁的板房，风沙大，唯一的窗户用塑料布封了。屋内只放一张桌、一张床、一个简易的布衣柜，占据大面积的是她养的20多盆花卉，有兰草、吊兰、凤尾……郁郁葱葱，生机盎然。床头的墙壁上，贴挂着亲人的照片，满屋子情感的意象，庸常、亲切、温馨，充满家的气息。

我想，她是把心中的家一同搬上了高原，她是把亲人暖在心头的女人啊！我突然有了一种想流泪的感觉。一切都好似在不经意间，恰是被她那种隐忍的难以掩饰的动人神情，触痛了内心某一处柔软……

啊，我在西藏。

从拉萨到日喀则，海拔高度从3650米上升到3836米，一条拉日铁路253公里，将布达拉宫、大昭寺、扎什伦布寺连在一起，将"圣地"、"佛地"、和"水土肥美的庄园"连在一起，把今生来世、神界天堂、安康吉祥连在一起……置身于拉日铁路铺展的瑰丽长卷中，总感到冥冥中有一种铺天盖地的神秘和美好，神秘得众生景仰，美好得心灵芬芳。我由此品到了青稞酒、酥油茶，认识了阿嘎土与白玛草，领悟到来自原生态的天然、醇香、质朴、尊贵与高尚……

长天碧空如洗，大地呼吸绵长。

就在拉日铁路的一处路基旁，我有幸第一次看见高原上的格桑花，当然还有许多不知名的小花儿，色彩斑斓的花朵在高原上绽放，美丽得叫人忧伤；顽强绽放的花朵在风雨中摇曳，摇曳得令人震撼。我可以知道或不知道它们的名字，正如我可以知道或不知道这些铁路建设者的名字，或许他们和它们都不需要，但我决不可以忘记这些高原灵魂的不屈和绚烂。

这就是我梦中的拉日铁路，建设者脚下的路基，沉积着一片高原净土。

这就是我心中的拉日铁路，建设者的身心奉献，诠释着一条天路信仰。

相聚在巴山深处

久闻巴山深处一个工务车间的运动会很有大名气，我们几个好友结伴而来。

适逢一列火车轰隆隆地驶过，我们的目光也紧紧追逐过去，直到列车消失在隧道的入口处……而身边的一位养路工对我们说，车还会从对面的隧道里钻出来。几分钟后，列车果然又回到我们的视野，仅隔一个小小的峡谷，显然是绕了一个大大的弧线。

襄渝铁路就从这里穿越而过，机车一声长鸣唤醒了沉睡的大山。

一瞬间，情驰万载，思接千仞。眼中的巴山层峦叠嶂，道路起伏蜿蜒，车与路都在时隐时现间，犹如梦幻一般。

我们走进巴山，正值春季最后一个节气——谷雨。著名的巴山夜雨将大山梳洗得天蓝云白、树绿花红。新鲜的阳光从远山的梁上撒落下来，清新的空气在山谷的肺腑间徜徉。

我内心呼喊：巴山，我来了！凭掌握的地理知识，我知道广义的巴山是指渝、川、甘、陕、鄂等边境山地的总称，包括巴山东伸的神农架、米仓山西延的摩天岭在内。总之大巴山大了去了，高了去了。而侠义的巴山呢，仅指渝、川、陕、鄂接壤地带的米仓山与大巴山东西绵延500多公里，故称千里巴山。我乘坐的火车就停在了襄渝铁路一个叫巴山的车站，这是一座"空中小站"，就坐落在隧道之间的崖畔与桥梁之上。下车打问，山脚确有一个叫巴山的镇子，隶属陕西汉中市镇巴县，与四川万源、巴中接壤，而镇巴县独有西北最大的苗族居住地、亚洲最大的巴山竹林等景观。于是我固执地认为，我来到的地方名正言顺，有理由认定此处的巴山就属广义中的广义、狭义中的狭义了。

在巴山精神的展室里，我们看到纸张泛黄、图像模糊、字迹斑驳的历史资料，思绪攀缘于岁月谷峰间的时光栈道，今天的人们仍然可以与昨天邂逅，感受和缅怀曾经的艰辛和奋斗，赞美和传承曾经的光荣和梦想……

在那动乱的岁月里，铁道兵将士坚守岗位，战斗在巴山汉水一线，襄渝铁路东起湖北襄樊（现襄阳），沿汉江逆水而上，3跨汉江，7跨将军河，9跨东河，33次跨后河，穿越武当山、大巴山，西至重庆，全长895公里，沿线山高谷深，地势险要，是当年铁路修建史上最复杂、最艰巨、最困苦的干线之一。

我们向一处原铁道兵的驻地走去。艰难地爬上松树坡工区，越过铁道线，又从松树坡工区另一面走下来，山路两边夺目地盛开着大片的蝴蝶兰，潮湿的空气弥漫着山野的花香。

高大的铁路桥下，有两座闲置的三层小楼，红砖垒砌，依稀可见一楼房间多被当地百姓放置着柴草等杂物，小楼已经多年无人居住了，墙体并没有明显裂纹，依然昂扬屹立在那里，就像最后坚守阵地的战士，令人肃然起敬。

与小楼相邻的一处农舍，住着一位68岁的老汉，说起当年的铁道兵依然记忆深刻。他说，铁道兵开进山的时候，自己还是个小伙子，驻扎这里的是8712部队的一个营，每天唱歌、出操、上工，整个山沟里机械轰鸣，热火朝天的。部队先修出一条简易的辅路，随后将机械和材料运进来。他随手指了指桥梁一侧的隧道口，听说一次有一个班的战士牺牲在那里，他说那时施工条件差，几乎打哪个隧道都死人。所以隧道口的不远处，往往立有烈士的墓碑。

后听一位原铁道兵1师的老兵讲：当年修铁道就靠打眼，放炮，那就是硝烟弥漫的战场，打隧洞进去就如肉体夹在石缝里，说不定什么时候粉身碎骨。光我们师就有175名战友壮烈牺牲在襄渝线上，长眠在武当山脚下的老营烈士陵园里……

伟哉！壮哉！铁道兵！

巴山养路人一直没有忘记他们，从亲手接过铁路的那一刻起。

2014年4月23日上午10点，巴山第33届路地群众运动会如期举行。当地巴山小学师生的鼓乐队最先将欢快激扬的旋律引入会场，有20个铁路工区和当地村镇的代表队依次入场。升国旗，唱国歌，随后是文艺展演与赛事。当地村民姜显斌现场演唱了世代传承的《薅草歌》，歌词简明、淳朴、浪漫，曲调高亢、舒长、婉转，使观众无不赞叹原生态民歌特有的蕴藏和韵味；而铁路职工合唱的《铁道兵之歌》令人热血奔腾："背上了行装扛起枪，满怀豪情斗志昂扬。毛主席挥手我前进，奔向祖国最需要的地方。打通昆仑千重山，又战东海万顷浪。林海雪原铺新路，金沙江畔摆战场。精心设计，精心施工，铁道兵战士志在四方……"雄壮豪迈的歌声响彻巴山上空，将人们带回壮怀激烈的峥嵘岁月。

一位当年的老铁道兵感动得热泪盈眶。他说，感谢这里铁路人没有忘记铁道兵，这支气壮山河的队伍，完成了党和人民交给的艰巨任务，于1982年12月告别了人民解放军的序列。作为铁道兵的一员，内心感到无比欣慰和骄傲。

他接着说，二十世纪六十年代末到七十年代初，除铁道兵之外，民兵连和学兵连在极其艰苦的条件下，也参加了修建这里的襄渝铁路，他们奉献了青春和生命。他手指着峡谷对面山坡上的一处陵园表情哀伤，声音哽咽。你看那里就长眠着32位筑路英雄，他们是当年的民兵连，年龄最大的才35岁，最小的仅17岁。感谢这里铁路人没有忘记他们，常年对陵园进行整修和维护。

说到学兵连，尤其令人扼腕痛惜。

当时襄渝铁路属于三线建设重点战略工程，代号为2107工程。陕西省动员25000名中学生，按部队的编制组成了141个连队，配属铁道兵投入了修建铁路的大会战。

当时的学兵连就是今天人们通常说的学生连，其实就是中学生组成的连队，确切地说，他们还是一群大孩子，心智和身体还未发育成熟呢。然而初生牛犊不怕虎。小小年纪迎难而上，冲锋陷阵，前赴后继,视死如归,用稚嫩的骨骼和肩膀担负起沉重的担子,用青春的激情和热血写下了人生壮丽的篇章……

在一册《三线学兵连》丛书上,著名作家陈忠实写下这样一段话:在那场以摧毁和破坏为特征的劫难中,学生连的中学生们却成就了一桩建设的业绩。襄渝铁路铺摆在秦岭巴山汉水之间,火车日日夜夜呼啸着穿梭往来,这是写在陕西大地上的长卷诗篇。

是啊!至今激励后人,满满的正能量仍具有强大爆发力。

"1972年5月,我们连终于完成了月成洞50.08米,创造了全线月施工新纪录。这个成绩在现在机械施工的条件下或许不算什么,但那是200名十六七岁娃娃靠风枪一个个打眼,靠桃形耙一筐筐扒出来的。"说这段话的人就是当年5847部队学兵12连的袁智强。

"1972年6月17日,枫树垭隧道出现险情,一根大横梁吱呀作响,眼看着断裂在即,碎石不断下落。当班的吴南直奔现场,将3名身处险境的战友推出去,刹那间一声巨响,塌方发生了,吴南献出了年轻生命。在此之前,我们连已有4名战友先后牺牲。"说这段话的人是当年5851部队学兵17连的邓传波。

在一张图像模糊的画报上,我们看到了当年牺牲的114名学兵连的学生照片。不难辨认,那是一个个稚气未脱的清纯面庞,其中有两人没有照片,未能留下生前的容颜……

痛哉!惜哉!学兵连!

当年学兵连的孩子们,如今大多已年过花甲。回想起一段宝贵的人生化作了襄渝铁路,山河作证,青春无悔。

山峰依旧耸立,河水依旧流淌。随着襄渝铁路的建成通车,铁道兵撤走了,又奔赴新的战场;民兵连撤走了,去建设自己的家乡;学兵连也撤走了,分配到新的工作岗位。

那么谁来维护保养襄渝铁路呢?

1978年6月,巴山走来第一代养路人。在改革开放的元年,解和平来了、郭励弘来了、武长运来了、赵远舰来了……他们背着铺盖卷儿,手提装着脸盆的网兜儿,坐着绿皮车或闷罐子车相继赶来,一个个青春年少的面孔聚集在工区的油灯下,辉映在巴山的月光里。

当年生活的起点之低超出想象：山高地偏，只能饮山泉、点油灯、吃原粮，住当年铁道兵"干打垒"的老房子、石头房、牛毛毡房。特别潮湿、阴冷，严冬冻得骨头痛。吃粮吃菜都得从山外背进来，有时候雨雪天气断了菜，就熬上一锅汤，洒一把盐，清汤泡米饭，将就着吃。

"半年雪不融，秋季雨不停，天天云雾罩，抬脚爬陡山，落脚下深涧"。毫不夸张，这就是当年巴山工区的真实写照。

第一代巴山铁路人初到时，有人就当了逃兵。缺乏勇气面对恶劣的自然环境与艰苦的生活条件，几个刚来的新人卷起被子、爬上货车就跑掉了。

如果说物质匮乏尚可忍受，精神上的寂寞却是加倍煎熬。除了累人的工作，没有什么文化娱乐。下了班，男职工就喝酒、打牌，甚至赌钱、打架。女职工就凑在一起聊天打发时光，聊老人，聊孩子，聊着聊着就哭了，呜呜地哭，劝都劝不住。有时候劝着劝着，劝人的人也哭了。

大雪封山，漫长的冬夜。职工们蜷在房子里，身披棉被，大眼儿瞪小眼儿，心里憋闷得慌，大家就轮流出去，站在暗夜里扯着嗓子嚎叫，谁喊声最大，谁就是第一名。有一位20岁的女工刚喊出一声"妈妈——"就忍不住放声大哭起来……

在深山寂静的长夜，那发泄情绪的哭声凄凉、肆意、哀伤，动人心肝，传得很远很远。

然而，巴山在，铁路在，人就在。

老工长解和平说："巴山的条件确实很苦，但它在祖国的版图上。铁路修到这里，总要有人来养护，我不来别人就得来。既然来了，在一天，就要干好一天。"

于是人在巴山，扑下身去就成了路，以一种灵魂匍匐的方式前行；人站起来就成了山，以一种精神高昂的姿势屹立……

人在巴山，一任无数的生命意象，放飞在想象的空间，你尽管唏嘘世事沧桑，时光悠长，人生短暂。你难免感叹苍山不老，精神永存，生命灿烂。

人在巴山,唯有停留下来,用心想一想,亲眼看一看,或许才能真正理解,一片沙怎样守住了一汪清泉,一片林怎样浸染了一座荒山,一滴水怎样汇聚了一条江河,一群人怎样养护了一条铁道线……

沿崎岖的山路而下,有人工凿砌的台阶直抵工区和村镇。有人介绍说,这条山路叫"创业一路",是30多年前驻守巴山的第一代铁路人利用业余时间修建的。又名"先锋路"。一路上,我看到许多人和我一样慕名而至,赶来参加一年一度的巴山群众运动会。人们不约而同来到了铁路桥下的一处平地,这里是最早举办第一届巴山运动会的场地,如今矗立起一尊大鼎,是铁路工人用废旧的钢轨、扣件、道钉等路材焊接而成。取名《巴山鼎》,象征着几代铁路人艰苦奋进的巴山精神。鼎上刻有《巴山赋》:"巴山养路人,与峰峦为伍,挨轨枕做伴。劳作在弯坡桥隧、道床轨间,披靡在夏雨冬雪、水雾山岚……"我在字里行间游览,突然发现其间一行写有:"'巴山小奥运'之国庆彩车,巡游天安门前"。顿时惊诧:这深山里的小小运动会,竟有如此的照度和盛誉。

迎着远眺的目光与热切的呼唤,四面八方的人流犹如山溪向这里汇聚。人们身着鲜艳服装,从巍巍大山的条条皱褶里走出来,从树木掩映的屋舍间走出来……这是巴山深处的盛会,是巴山欢乐的节日。山民们男女老少,有的全家出动,纷纷奔向巴山铁路工务车间的篮球场,巴山第33届群众运动会就在这里举行。我甚至看见一位双腿截肢的老妪,以上肢的支撑挪动来到现场,被铁路职工热情安置在右侧的贵宾席上。有身边的铁路人告诉我,老妪是当地的村民,居住在工区的隔壁,就像是一家人。

或许正是环境艰苦,这里的人们才懂得怎样以苦为荣,以苦为乐,从而化解艰苦,战胜艰苦。他们心里豁亮:山里的铁路总得有人来养护吧,我们嫌艰苦不来让谁来?有意与艰苦抗争,才有了巴山第一届运动会,在没有三尺平的山地上,自己动手平整场地,体育器械因陋就简,比赛项目由最初的6项增加到19项,参与人数从百余人增加到2000余人,范围由铁路职工扩展到当地村镇,奖品也由铅笔、手绢提升为餐具、浴巾、棉被之类,但人们看重的是参与其中所获得的快乐和满足，是参与其中所体现的更高更强的拼搏精神，是参与其中所感受的民族相融的亲和与美好。

于是，观众中不时有人说起往届运动会的逸闻趣事。有一次篮球比赛，是铁路工区队对阵巴山村民队，在快要结束的时候，有一名工区队的队员崴了脚，却没了候补队员，现场当裁判的工区职工那叫一个急啊，竟然一个箭步抢球上篮，工区队获胜。最后观众判定两队并列冠军。队员们每人获得一个脸盆，簇拥在一起。场内响起友好地哄笑声、打闹声，山谷一片欢腾⋯⋯

所以说，这里是群众性最广泛的运动会。参赛没有任何门槛，谁都可以报名参加，为此2008年北京奥运火炬传递到这里，国家体育总局还为巴山运动会发来贺信；这里又是最天然的运动场。会场内外没有界限，置身大自然，眺望四周山坡，或坐或立，满目都是热情的观众和欢舞的树木；这里更是最草根、最接地气的运动。除了篮球、乒乓球、长跑等常规竞赛项目，还有独具特色的背背篓、扛枕木等比赛项目。令人惊异的是，这届扛枕木比赛竟然被巴山镇代表队夺魁。一位铁路工人解释说，这不奇怪，铁路因暴雨发生滑坡，镇上经常组织村民参与抢修，他们对扛枕木也不陌生。就像背背篓比赛也经常工区队获胜一样，因工区职工就亲密无间地生活在村民之中。

啊，巴山运动会！我感觉巴山在沸腾，巴山在歌舞，巴山拥抱在一起。我想说，巴山运动会仅是一场运动会吗？这应该是心的聚合、爱的凝结与生命的狂欢。

在夕阳的余晖里，听悠悠的时光娓娓道来，有这样一片绵延起伏的大巴山，一条蜿蜒向前的铁道线，一群执着坚守的养路人⋯⋯

我们与巴山挥别时，听不远处飘来动听的山歌："太阳过了河，扯住太阳脚，我问太阳哪儿落？太阳落山了，月亮云山跑，我问月亮哪儿找？⋯⋯"与会的巴山人说，每年乘兴而来，每年尽兴而归。今年过了盼明年吧！

又到西柏坡

由于我所在的城市距西柏坡仅 80 余公里，到西柏坡一游并不必费多大周折。每每走进党中央的旧址，身临其境，我会真切地感受到西柏坡当年一幕幕令人心动的场景。在老一辈革命家曾经住过的地方，一张床板、一张桌子、一把椅子、一个挎包几乎就是他们全部的家当。我会看见毛泽东的破旧藤椅；我会看到刘少奇简陋的新房，我会看到周恩来的搪瓷茶缸是用一个小瓷盘儿做缸盖儿；我会看到董必武董老夫人使用的纺线车……体味这些宏大叙事的某个细节，谁都会情不自禁地感叹，被他们艰苦奋斗的精神风范所感动。

就在这个原工委的大伙房里，代表们很随意就地取物，坐在高低宽窄不一的木墩、板凳、马扎上，参加党中央召开的具有深远影响的七届二中全会，毛泽东主席提出了"务必使同志们继续保持谦虚谨慎、不骄不躁的作风，务必使同志们继续保持艰苦奋斗的作风"的远见卓识。时隔半个多世纪，不时看到一茬一茬的新党员总要到当年党的七届二中全会旧址，庄严地向党旗举手宣誓，接受一次圣洁的心灵洗礼。

西柏坡是红色圣地，原名"柏卜"，是一个松柏苍翠，风光秀美的小山村，始建于唐代。据说早年有位教书先生把"卜"改为"坡"，于是就有了今天的西柏坡。因为距我居住的城市仅 80 公里，我曾去过多次了，最近一次是专门陪我的岳父去的。岳父是一位老军人，参加过解放战争，离休后回到老家的烟台干休所安度晚年，这次来女儿家小住，很是希望能到西柏坡看看，我们满足了老人的心愿。那天他精神抖擞地几乎走完了西柏坡的整个展区，尤其站在当年的作战室内唏嘘不已：就是在这里，一座泥灰垒起的房子，三张陈旧的方桌并列摆开，毛主席和党中央指挥了著名的三大战役。他说：三大战役我参加了两个战役，亲历了那些艰险卓绝的岁月，体会到也只有我们的党，才能用这最小的指挥所指挥了最大的战争，并取得了辉煌的胜利。在这里，我还看到了将士们为节省红蓝铅笔，用废旧的红蓝毛线在作战地图上作标记。我在偌大的作战地图上寻觅，一条条废旧的红蓝毛线，在将士们的举手投足之间，勾勒出纵横驰骋的千军万马，梳理出连绵起伏的大地山川……爱吃红辣椒的伟人，一席笑谈就能燃起一片熊熊烈焰。站在西柏坡的山上，就能看见长城内外大江南北，红毛线追逐和席卷着蓝毛线……如今再次目睹红毛线蓝毛线，感慨复感慨，这该是先辈留给我们一生享用不尽的宝贵资产啊！

那么历史是怎样选择了西柏坡呢？解放战争开始后不久，国民党反动势力集中了大量兵力对延安进行了围剿。为了整个革命胜利，党中央决定先撤离延安，转移到了西柏坡这个偏僻的地方。刘少奇率领中央工委选点西柏坡，考虑这里地形较为优越，群众基础好，西柏坡由此成为一块革命的福地。当年，党中央住在西柏坡，前方战场捷报频传，后方全力支援前线，党内没有路线斗争，家属之间和睦相处，到处一片欣欣向荣的景象。毛泽东主席登上村后的柏坡岭，俯瞰山下翠柏掩映的村落，他说西柏坡果然是个好地方，又一个北方的南泥湾，不但收获到处的庄稼和遍地的牛羊，还要收获一个新中国呢。

过去的西柏坡中共中央旧址已被水淹没，因人民生产生活需要，1958年修建岗南水库而搬迁。直到1970年才在距原址500米、海拔高于原址57米处复原建设。

今日的西柏坡，前有碧波荡漾、水光潋滟的西柏坡湖，后有满坡翠柏、松涛阵阵的柏坡岭。湖光山色相得益彰，形成了独具魅力的秀丽风光。主要参观景点也有西柏坡中共中央旧址、西柏坡陈列展览馆、石刻园、毛泽东、刘少奇、朱德、周恩来、任弼时五位领袖铜铸像等。西柏坡作为党中央进入北平、解放全中国的最后一个农村指挥所，以其特殊的贡献载入了中国革命的史册，树立了一座不朽的历史丰碑。

  1949年3月23日，党中央离开西柏坡迁往北京。迎着新中国的曙光，毛泽东和他的战友们，穿着臃肿的冬装上路了。临行前，毛泽东高兴地战友们说：今天是进京赶考的日子。周恩来风趣地说：我们都应该考试及格，不要退回来。毛泽东接着说：退回来就失败了，我们一定要考个好成绩，我们决不当李自成。西柏坡的翠柏郁郁葱葱，站满了山坡，至今眺望着赶考的亲人。

盘旋于历史与现实

好友翟相伟先生写了一部解读《水浒传》的书,想请我作序,不得推托,欣然从命。

翻阅翟相伟的书稿,引人浮想联翩,思绪也紧随近千年弥漫不散的云烟,盘旋于纷繁的历史与现实之间,恍惚中望见,宋江、晁盖、吴用、林冲、武松、李逵、鲁智深、阮小二、阮小五等一大群气象峥嵘、灵魂高蹈的英雄豪杰迎面而来。

"水浒寨中屯节侠,梁山泊内聚英雄。"《水浒传》被誉为"四大古典名著"之一,大作取材于北宋徽宗宣和年间,生动阐释了宋江等人揭竿而起、聚义梁山泊,以及英勇抗击朝廷官兵、最终受招安的多舛命途。据说水浒故事早在南宋时就以话本形式流传了,遂有《大宋宣和遗事》的问世。到元末明初,历经元杂剧、市井传说、话本演义、有名与无名文人的传写,可谓数百年的民间创作、众人心血的结晶,而施耐庵与罗贯中应该只是最后的加工整理之人。不容置疑,这是一座值得探索的思想深邃的艺术宝库,也是一座令人仰视的瑰丽夺目的文学高峰。

翟相伟无疑就是这座艺术宝库与文学高峰的探究者。自 1996 年始,他在繁忙工作之余,置身于艺术宝库赏宝或鉴宝,攀缘于文学高峰流连或望远……将一部《水浒传》烂熟于心,率性命题话江湖,史海钩沉笔端起。经过几番寒暑笔耕不辍,反复增删润色,撰述成篇,才有了这部摆在读者面前的新作《人在江湖——解读水浒里的那些人和事儿》，铺展书卷，字里行间，意象丰盈；墨香深处，心血尽显……不难看出，其间倾注了大量的精力和时光，融入了可贵的生命表达和追求，着实令人感动和佩服。

一部《水浒传》被世人评说，道不尽世道人心沧海桑田。整部作品在漫长的形成过程中，契合了复杂的社会状况、民众心理和审美情趣，构思巧妙，故事情节曲折，善于设置悬念；语言讲究，文采飞扬，对话生动、幽默，成功塑造了众多个性鲜明、栩栩如生的人物形象。所以说《水浒传》所蕴含的思想深度与艺术魅力，是必然要流传于世的。明清两朝的统治者都曾严禁传读，但几经禁止都无济于事。可是，想在这样一部名著上做文章，并要做好文章，恐怕还是难。

翟相伟知难而进，或许他想学一学打虎的武松，明知山有虎偏向虎山行。当然这里的虎山只是一个比喻，要成功地解读《水浒传》，真正的虎山在他心里。要战胜自己是最艰难的，这必须靠强大的勇气和能力作支撑，从而奠定起砥砺前行的底气和动力。我想他是真正做到了，他毅然走进当年东京城的大街小巷，走进官府衙门、高墙深院和破屋陋室，走进水泊梁山的聚义厅、忠义堂，全身心融入北宋末年充满烟火气息的风俗画与市井图……他思想的触角深入到了那个时候朝野上下的角角落落，深入到了水浒人物的内心世界和灵魂深处。所以，他获得了足够的解读资本。

事实上，悉心解读的过程也是一个苦心研究的过程。虽然当下社会对《水浒传》的研究，还比不上对《红楼梦》研究的广泛和深入，但并不能说明对《水浒传》的研究就轻易许多。相对而言，更加具有挑战性。一是在研究程度上，现阶段《红楼梦》研究成就斐然可观，势必会对当下的《水浒传》研究造成无形压力。二是在涉及阶级矛盾和社会层面上，《水浒传》要比《红楼梦》更加宽泛和尖锐，伟人毛泽东和文豪鲁迅都对《水浒传》有过论述，尤其对宋江受招安进行了政治批评。今天再看，如何正视历史人物的时代局限性，对《水浒传》的批评更趋于客观理性，有益于提升纯粹意义上的文学批评，仍是一个长久的课题。应该说，正是这样面对的一种压力一个课题，转化成了翟相伟一心致力于解读《水浒传》的一种能量和一张试卷。

实际上，悉心解读的过程更是一个精心创作的过程。常言曰：文章本天成，妙手偶得之。话说的似乎轻巧，其实这个"妙手偶得"却是一个呕心沥血的写照。文章写作除了自身的阅历、平时的知识积累和才华，还需要些许的天赋和灵感。大凡好文章通常有两个特质：一是有趣儿，看着有意思。二是有劲儿，读着有意义。翟相伟下功夫都力求做到了，他思维机敏，语言风趣，嬉笑怒骂，收放自如；臧否人物，有理有据；今古对照，遥相呼应；掩卷沉思，终有所获。他目光所及，阅人有术，从位居梁山好汉之首的宋江《魅力四射看宋江》，看到末尾108位的段景住《败在细节金毛犬》；他挥笔纵横，游刃有余，由《从洪太尉下基层谈机关作风》，写到《宋江剿灭方腊后的四大猜想》，全书充满对历史和现实的审视与关照，文中不乏令人称道的论述和独特的见解，给人以思想启迪和精神享受。

如果非要指其不足的话，某些篇什还给人浅尝辄止的感觉，还可发掘得更深些。总之，这是一部好读的书。在此我不必过多赘述，读者自己看好了。

"千古蓼洼埋玉地，落花啼鸟总关愁。"当年浩荡八百里的梁山水泊消失了，幸好《水浒传》还在，解读《水浒传》的书还在。

读书是生存方式

我之所以喜欢读书，是因为读书衍变成了一种生存方式。假若有人问我为什么要读书？我当然要反问他为什么要吃饭？他一定回答说吃饭是生存需要。我说读书也是生存需要。两者不同的是生理需要与心理需要。他若进一步追问一个人不读书会饿死吗？我也要反问一个人只吃饭活着还有意义吗？

尤其在当下读书与吃饭并非一对矛盾的情境里，这个话题就似乎失去了争论的前提。事实上，受市场经济大潮的影响，人心浮躁起来，若有人追问我们为什么读书，是再正常不过的事情了。但真正的读书人不会问这个问题：读自己的书，让别人去问吧。也许更能接近读书的本质。

我记得很小的时候，就被父辈灌输了太多与读书相关的功利诱惑。相传为宋真宗赵恒所做的《励学篇》就是一段著名的文字："富家不用买良田，书中自有千钟粟；安居不用架高堂，书中自有黄金屋；娶妻莫恨无良媒，书中自有颜如玉；出门莫恨无人随，书中车马多如簇。"自古以来，读书就被赋予了两大意图："独善其身"与"兼济天下"。我想，纪晓岚的"沉浮宦海如鸥鸟，生死书丛似蠹鱼"；郑板桥的"咬成几句有用书，可以充饥"；陆游的"万卷古今消永日，一窗昏晓送流年"；郑成功的"养心莫如寡欲，至乐无如读书"。这种与书有关的自我抒发和表述，是否也能呈现些许古时读书人的生态写照？

好像明代的薛瑄说过:"万金之富,不以易吾一日读书之乐也。"意思是说家有万两黄金的富有,也不能换去我一天读书的乐趣。我想从古至今,喜爱读书的人大概与贫富无关吧。或许生活是困苦和窘迫的,并不妨碍精神的优越与优雅。因为读书的乐趣是金钱无法兑换的。一旦读书读出乐趣就得到了一种享受,要保持这种享受自然就养成了一种生存方式。

既然读书平常为生存方式,我们就省去了旧时读书礼仪上的繁文缛节,不必再把读书看得过分神圣,我也不用读书前沐浴更衣,不用正襟危坐。我可以光脚赤背,或仰或卧,或车上或厕中,手不释卷,有闲即读,读书变得轻松起来。

我觉得读书是应该随意的。我很少刻意去读什么书。在过去的一年里,我无意间去盘点读过的某些书籍。譬如重读老子的《道德经》,读梭罗的《瓦尔登湖》,读聂鲁达的《爱情十四行》,读歌德,读钱钟书,读季羡林……我知道每一本书里都居住着一位睿智长者,他总是满怀慈悲,沉静地端坐着等待着"叩我柴扉"。

我更喜欢读一些人物传记。除读过毛泽东、列宁、斯大林等伟人的传记外,去年我还读了戴笠、杜月笙、黄金荣等一代枭雄的传记。阅览各等角色编撰的一部又一部人生巨著,平凡的或许伟大,不平凡不一定伟大,平凡与不平凡都不平庸。读着读着,心胸开阔,就读出一大空间一方天地来,那一刻我真的体悟到什么是"读书得间"了。

我读书的愉悦是存于内心感受:领悟、顿悟,或恍然大悟,或灵感突闪,或瞬间释然……难以言表。谁读书谁知道,一生热爱读书,读书的报酬该是多么丰厚。自然会联想起英国著名作家弗吉尼亚·吴尔芙谈到的那个梦:当天主看到我们腋下夹着书向他走来时,他羡慕地说:"你看,不必给这些人任何报酬,因为他们在人间已经热爱过读书了。"